Friedrich Christian Delius:
Werkausgabe in Einzelbänden

Bildnis der Mutter als junge Frau. *Erzählung*
Der Sonntag, an dem ich Weltmeister wurde. *Erzählung*
Amerikahaus und der Tanz um die Frauen. *Erzählung*
Als die Bücher noch geholfen haben. *Biografische Skizzen*

Mein Jahr als Mörder. *Roman*
Ein Held der inneren Sicherheit. *Roman*
Mogadischu Fensterplatz. *Roman*
Himmelfahrt eines Staatsfeindes. *Roman*
Adenauerplatz. *Roman*

Der Spaziergang von Rostock nach Syrakus. *Erzählung*
Die Birnen von Ribbeck. *Erzählung*
Die Flatterzunge. *Erzählung*
Die Frau, für die ich den Computer erfand. *Roman*
Der Königsmacher. *Roman*
Die linke Hand des Papstes. *Roman*

Wir Unternehmer/Unsere Siemens-Welt/Einige Argumente zur Verteidigung der Gemüseesser. *Satiren*
Die Minute mit Paul McCartney. *Memo-Arien*
Unsichtbare Blitze. *Ausgewählte Gedichte*

Die Liebesgeschichtenerzählerin. *Roman*
Die Zukunft der Schönheit. *Erzählung*
Wenn die Chinesen Rügen kaufen, dann denkt an mich. *Roman*

FRIEDRICH CHRISTIAN DELIUS

Die Zukunft der Schönheit

ERZÄHLUNG

ROWOHLT TASCHENBUCH VERLAG

Neuausgabe
Veröffentlicht im Rowohlt Taschenbuch Verlag, Hamburg, Februar 2023

Covergestaltung any.way, Walter Hellmann
Satz aus der Hollander
bei Dörlemann Satz, Lemförde
Druck und Bindung C.H.Beck, Nördlingen
ISBN 978-3-499-01042-2

Die Rowohlt Verlage haben sich zu einer nachhaltigen Buchproduktion verpflichtet. Gemeinsam mit unseren Partnern und Lieferanten setzen wir uns für eine klimaneutrale Buchproduktion ein, die den Erwerb von Klimazertifikaten zur Kompensation des CO_2-Ausstoßes einschließt.
www.klimaneutralerverlag.de

FSC www.fsc.org MIX Papier aus verantwortungsvollen Quellen FSC® C019821

Für Marcel Beyer, Hans Christoph Buch,
Eberhard Delius, Hanspeter Krüger

Und die Musik hielt keinen Augenblick still,
die Musik kannte kein Nein.

(Robert Musil, Der Mann ohne Eigenschaften)

Das Taxi hatte länger gebraucht als erwartet bis in die abgelegene, finstere Ecke der unteren Lower East Side an der 3. Straße, wo zwischen Backsteinwänden und Feuerleitern der Eingang zu Slugs' Saloon nicht schwer zu finden war. In dem Augenblick, als wir den Saal betraten, wurden die Lichter ausgeschaltet, legten die Musiker los mit kreischenden, klagenden, schrillen Tönen, nur die schwachen Bühnenscheinwerfer halfen uns, in dem nicht sehr großen Kneipenraum den letzten oder vorletzten freien Tisch in den hinteren Reihen anzusteuern, während die Ohren beschossen wurden von Getröte, Gezirpe, Gehämmer, Gejaule, als sollten wir mit dieser Folge von Dissonanzen gleich abgeschreckt, des Saales verwiesen und wieder zurück Richtung Exit getrieben werden –

Das musst du jetzt aushalten, das wirst du aushalten, sagte ich mir, als wir uns gesetzt hatten, die beiden Freunde und ich, der ihnen gefolgt war, mach gute Miene, lehn dich zurück und hör einfach zu oder hör weg, das hältst du jetzt aus. Fünf Musiker auf der schmalen Bühne, einer mit Saxophon, einer mit Trompete, einer am Schlagzeug, ein Bassist und ein Geiger, fünf Männer prügelten mit ihren Instrumenten auf meine Hörnerven ein, und ich dachte nur, lehn dich zurück und hör einfach zu oder hör weg –

Musik war das nicht, aber was sollte das sein, wenn es keine Katzenmusik war, das naheliegende Wort, das einem Laien und einfallsarmen Zuhörer wie mir schon bei den ersten Takten in den Kopf gerutscht war, eine böse und trotzdem treffende, kaum zu bestreitende Bezeichnung für das Zirkusgetöse, die verstörenden und schmeichelnden Töne, die schrille Verweigerung von Harmonien und Melodien, für den Schock, den ich fühlte, und die Schockwellen, die sich weiter steigerten. Ich sah, wahrscheinlich mit fragenden und, wie ich hoffte, nicht allzu schülerhaft hilfesuchenden Augen, auf die beiden Freunde neben mir, die mich ermutigten mit zustimmendem Grinsen zu diesem Schallüberfall und mit lechzender Aufmerksamkeit, fast schon bereit zum ersten rhythmischen Wippen der Köpfe, die Freunde hatten mich gewarnt –

Ob das noch Musik sei, ob da oder da der Jazz aufhöre oder ganz neu anfange, ob das richtige Musik sei, ob es richtigen Jazz überhaupt gebe und geben dürfe, hatten die beiden Experten beim Frühstück am vorletzten Tag unserer newyorkischen Reise diskutiert, der Autor Christoph, der diesen verrückten oder genialen Albert Ayler schon mal in Kopenhagen gehört hatte, und der Redakteur Peter, der beim Sender Freies Berlin irgendwie auch mit Jazz zu tun hatte. An dem Gespräch hatte ich mich nicht beteiligt, hätte mich gar nicht beteiligen können, das Wort Free Jazz sagte mir wenig, der Name Ayler sagte mir nichts, das Lokal Slugs' Saloon galt meinen Fachleuten als Geheimtipp in verrufener Gegend, und während sie bei Grapefruitsaft und schwarzem Kaffee, bei Rührei mit Speck sich in immer größere Begeisterung und Vorfreude auf das Konzert geredet hatten, war meine Entscheidung gefallen, der Aufforderung der beiden zu folgen und mitzufahren am Abend, mehr von Abwechslungslust gelockt als von gezielter Neugier auf diese Sorte Jazz –

Nach einer Woche der Besichtigungen, U-Bahn-Touren, nach stundenlangen Läufen in Manhattan, mal allein, mal zu zweit oder zu dritt, war ich erschöpft von der Wucht der Eindrücke, der Lebendigkeit der Bilder, von den Kontrasten zwischen Schaufensterglanz, Schäbigkeit und vibrierendem Optimismus, erschöpft vom permanenten Wechsel zwischen der Härte, die einem an den Straßenecken ins Gesicht schlug, und der Freundlichkeit der Leute, die sich von der Berliner Bissigkeit so wohltuend abhob. Fürs Erste hatte ich genug von Wolkenkratzerfernblicken, Museen, Kauftempeln, angeblich gefährlichen Straßen in Harlem und Kaschemmen in SoHo, und diesen letzten Abend vor dem Abflug wollte ich nicht in einem Kino oder in einer Bar am Times Square vertrödeln. Also lieber ein halbherziges Interesse an der mir unbekannten, verrufenen Underground-Musik vortäuschen und dem Rat der Freunde folgen, die sich auch im Hotel Paris einquartiert hatten: Komm mit, so schnell bist du nicht wieder in New York, so schnell wird man Ayler nicht mehr hören können, schon gar nicht in Berlin –

Wir bestellten Bier, ich gab mir Mühe, lässig und aufmerksam auszusehen und das Gehör einzustimmen, die Ohren zu öffnen und an diese Musik zu gewöhnen. Der bärtige Mann mit dem riesigen Saxophon in der Mitte musste der berüchtigte, der unter Kennern berühmte Ayler sein, der uns mit schreienden, stechend hohen Tönen, mit nie gehörtem dissonantem Sound begrüßte und überfiel, schreckte und abschreckte schon mit dem ersten Stück. Ayler mit kariertem Jackett, Krawatte und weißem Hemd bewegte sein erstaunliches Saxophon, Tenor Sax, wie Christoph mich belehrt hatte, heftig hin und her und auf und ab und dirigierte die Band mit dem im Bühnenlicht blitzenden Instrument und spuckte befremdliche Töne in alle Richtungen. Die ganze Band, alle etwa zehn Jahre älter als wir, hätte ich mir bei geschlossenen Augen als eine Gruppe von Kindern vorstellen können, die mit Tröten, Topfdeckeln, Kochlöffeln, Rasseln, mit Mundharmonikas und Kämmen vor dem Mund und mit einer alten, verstimmten Geige auf sich aufmerksam machte –

Düster der Saal und schmal, schmucklose Wände, ältere Einrichtung, hinter uns der Tresen, nur wenige weiße Gesichter hinter den Rauchschwaden zu entdecken, wir gehörten zur Minderheit, hier saß man unter Kennern, achtzig Leute ungefähr, fast alle ließen eine Zigarette glimmen. Hier musst du den Kenner spielen und auch im Halbdunkel deinem Gesicht nicht anmerken lassen, wie schwer dir das Zuhören fällt, sagte ich mir, du hältst das aus, du bist nur ein Anfänger, dem etwas Neues geboten wird, lehn dich zurück, du musst heute nicht vom Dreimeterbrett springen, keine Lateinprüfung nachholen, du stehst heute nicht auf der Bühne –

Noch immer nicht hatte ich verstanden, wie frei ich in diesen amerikanischen Tagen war: nicht auf einer Bühne sitzend, nicht vor hundert klugen Leuten auf dem sogenannten elektrischen Stuhl, dem Vorlesestuhl der Gruppe der berühmten Schriftsteller, auf dem ich zweimal die Probe bestanden hatte und deshalb zum dritten Mal eingeladen war, sogar bis in die USA. Ein neuer Auftritt, den ich mehr gefürchtet als erhofft hatte, war mir erspart geblieben wegen des großen Andrangs der anderen auf diesen gefährlichen Stuhl, ich war noch einmal davongekommen, man hatte nicht geprüft, was ich konnte, man duldete mich auch so. Danach die hitzigen Debatten über *The Author in the Affluent Society*, dann drängelten die Autoren mitten hinein in die literarische Wohlstandsgesellschaft, zu den Partys, zur Konversation über die misslungene Tagung, in ihre Dichter-Eitelkeiten, bis alles verebbte in anstrengenden Sätzen mit Emigranten oder mit Allen Ginsberg im Kreis seiner Jünger, der jeden Abend irgendwo auftauchte und berauscht in irgendwelchen Küchenecken zu Boden sank. Ich war am Rande dabei gewesen, fand vieles komisch, vieles peinlich und hatte genug von all dem Ernst und Getue dieser Tage, von den Paradiesvögeln und dem Getratsche über den Österreicher, der sich auf dem Empire State Building vor Fernsehkameras als neuer Kafka ausgerufen hatte. Jetzt kam mir das Getröte und Getrommel nur recht, am letzten Abend vor dem Rückflug das wilde, verschreckende Saxophon –

Ich konnte mich zurücklehnen, durchatmen, brauchte seit einer Woche keine Angst mehr zu haben, vor nichts und niemandem Angst, schon gar nicht vor dieser aufgeregten, aufdringlichen Musik, ich brauchte nur ruhig zu sitzen und auf mich trommeln und tröten zu lassen, was da wollte, und die Ohren aufzusperren, so weit es nur ging. Sie zuzuhalten wäre normal gewesen, wenn man sie schon nicht entlasten konnte wie am Radio mit einem Druck auf die Austaste, gegen solche Reflexe wusste ich mich zu wehren, hier unter Kennern und vor den Freunden galt die Devise: Keine Schonung bitte, wir sind schließlich in New York, da haben Schwächlinge nichts zu suchen, da wird nicht gekniffen –

Das also sollte die freieste Spielart des Improvisierens sein, frei hieß freie Fahrt für jede Sorte Geräusch, frei unter dem Dirigat eines rebellischen Saxophonisten. Das war das Unerhörte, das war der Jazz, den ich nicht kannte, der weiter ging als die Avantgarde, als John

Coltrane und Miles Davis, der weiter ging als Monk und tausend Meilen weiter als der gute alte Louis Armstrong. Auch bei denen hatten die Zuhörer, vor Jahren, vor Jahrzehnten, nach der ersten Empörung und Ablehnung sich gewöhnen und einhören und dem Reflex widerstehen müssen, die Hände auf die Ohren zu drücken –

Die Probe in Slugs' Saloon wollte ich bestehen und niemanden enttäuschen, ich klatschte wie alle andern nach Aylers erstem Solo, wollte alles tun, um mich nicht zu blamieren im Halbdunkel des schmalen Raumes vor den Freunden als unverständiger, verschreckter Laie, vor dem schwarzen Publikum als Weißer, vor den Amerikanern als täppischer Europäer, als dummer Deutscher, der ich war oder als den ich mich sah, Dorfkind, Provinzler, Hinterherläufer, Pastorensohn, verklemmt, unmusikalisch, stotternd, Anfänger, Nichtskönner, Spätzünder, der schüchternste aller schüchternen Jungdichter, gerade mal dreiundzwanzig geworden. Ein Zuschauer, der sich halbblind, ein Zuhörer, der sich taub vorkam angesichts all dessen, was es zu beobachten und wahrzunehmen gab. Ein Schweiger, der nicht durchschaut werden wollte und mal aus Dummheit, mal aus Angst vor Blamage schwieg, oder dann den Mund hielt, wenn er sich klüger vorkam oder zu viel Respekt hatte oder weil er unentschieden oder sprechfaul bleiben oder andere nervös machen wollte. Alle sieben Sprachen des Schweigens waren mir vertraut, nicht aber die drei gefälligen Sprachen des Redens, Argumentierens, Erzählens. Kein Mann für New York jedenfalls, so viel war klar –

Den Blick vorsätzlich lässig zur Bühne gerichtet, trank ich den nächsten Schluck des dünnen Flaschenbiers, streckte die Beine aus und klatschte die Hände, wenn alle die Soli beklatschten. Jetzt konnte ich unbeschwert schweigen, staunte, wie Ayler sein riesiges Instrument, hinter dem er fast verschwand, steuerte und dem Zucken seines Körpers anpasste, wie er aus den Schultern heraus zu spielen schien, ich hielt die Ohren offen, hörte zu, ich musste zu der Musik nichts sagen und keine spezielle Schweigetaktik aufbieten. Ich wippte mit den Füßen, bewegte nun auch den Kopf im Takt und hörte in den stampfenden Rhythmen Ansätze von schräger Marschmusik oder verrückt verdrehtem Dixieland, da flogen tatsächlich Fetzen aus *When the Saints Go Marching In* durch den Saal –

Und schleuderten mich zurück in die Zeiten der Pubertät, als ich solche fröhlichen Takte zum ersten Mal gehört hatte auf der Bühne des Internats in den hessischen Wäldern und in kindlicher Begeisterung mitgebrummt hatte mit dem gerade aus dem Stimmbruch erwachsenen und noch ungeübten Bass. Die tief aus dem Hals gestauchten Worte *Oh when the saints*, die Heiligen ausgerechnet, jetzt kehrten sie wieder in der 3. Straße New Yorks, *I want to be in that number* hatte ich mitgesungen und nie gewusst, ob ich dies Ich auf mich beziehen sollte, ich passte einfach nicht in einen Haufen Heiliger –

Sie marschierten hier ein, Aylers langsam marschierende Saints, und warfen mich zurück in die Zeit, als mein Zuhörerblick nur auf die viellachende schwarzhaarige Mitschülerin gerichtet war, deren Blicke nie auf mich, den Stummen, nur auf den Trompeter der Schulband, den Nordhessen-Armstrong, fixiert schienen, und als mir nur die Wünsche blieben: *I want to be, I want to be in that number*. Nach Kinderliedern, Chorälen, Volksliedern, Orgeln war der schulische Jazz eine erste rhythmische Offenbarung, zwei Jahre etwa war ich Dixielandschwärmer gewesen, ungefähr so lange, wie die Entwicklung von Albert Schweitzer zu Albert Camus gedauert hatte, vom Vorbild des guten Mannes zum Vorbild des Fragendenkers. Und so freute ich mich im Stillen vor dem amerikanischen Bier, hier etwas wiedererkannt zu haben, was ich mit meinen spärlichen musikalischen Erfahrungen verbinden konnte, von Albert Camus zu Albert Ayler eine Brücke schlagend, *I want to be in that number* –

Kaum hatte ich den Witz der Anspielung auf die einmarschierenden Heiligen verstanden, *oh when the stars begin to shine*, und für einen schönen Jux oder für einen Wink mit unser aller kindlichen Dixielandliebe nehmen wollen, begann das Saxophon schon zu widersprechen und zu klagen: Da wollte jemand gehört, verstanden, erlöst werden, da wollte jemand raus aus der Nummer und nicht rein in die Nummer, da stand jemand unter Beschuss des Schlagzeugs und schoss zurück, da steckte jemand wie von Geigensaiten eingeschnürt in der Falle und wehrte sich, da wollte jemand aus dem Feuer gerettet werden –

Jeder Takt ein Schrei, falls es hier überhaupt noch Takte und Noten gab, in diesen ersten Minuten hörte sich alles so an, als spielten der Drummer, der Bassist, der Violinist, der Trompeter und Ayler einfach drauflos, als seien die Einsätze für das Improvisieren nicht abgestimmt, als sollte die Freiheit des freien Jazz übersteigert, überboten, überstrapaziert und bis in die Nähe des Schmerzhaften getrieben werden. Das Saxophon ließ Töne hören, die noch nie zuvor aus einem Saxophon herausgestoßen worden waren, so schien es mir, der keine Ahnung hatte, der noch nicht einmal einen Plattenspieler besaß, aber abends und nachts beim schreibenden Arbeiten sich von Klassik oder Jazz aus dem Radio begleiten ließ und nun den zahmeren John Coltrane verglich mit dem zehn Meter nahen Albert Ayler mit seinen schneidend hohen, explosiven, fauchenden, jubelnden, flehenden Tönen –

Anfangs war es mir so vorgekommen, als wollte das Quintett mit seinen Sirenenklängen, mit dem hingezogenen und aufdrehenden Lärm der Instrumente, die Sirenen und den Lärm der Stadt New York auffangen, erweitern, steigern, kommentieren oder bekämpfen. Aber was diese Musiker hier hören ließen, war mehr als ein Jericho-Geschmetter, mehr als Variationen auf das Geklingel der Kassen und Börsenglocken, mehr als die höhnische oder stolze Begleitung der in die Höhe geschossenen Türme, mehr als ein Echo der Lower East Side oder der groben Gesichter Manhattans und der tausend Lärmvarianten dieser Stadt. Es war kein Ausmalen, es war ein Programm: Jede Erwartung unterlaufen, möglichst viele musikalische Gesetze angreifen, jeden musikalischen Ernst unterwandern, hinter jeder Melodie die Fratzen zeigen, das schien die Parole zu sein –

Neben dieser Vorstellung liefen auf einer zweiten Spur im Gehirn Filme an, setzten sich Bilder in Bewegung, ruckweise oder in Zeitlupe oder im Schnelldurchlauf, als hätte das Saxophon wie früher im Kino das Piano einen Stummfilm zu begleiten. Immer deutlicher hörte ich aus den Tönen etwas heraus, was mir gar nicht gefiel, ich hörte Schüsse und immer mehr Schüsse, und mit den Schüssen kam sogleich der angeschossene Kennedy ins Bild, der kippende, fallende Körper in der Limousine in Dallas, und gleich danach der erschossene Mörder und dessen Mörder. Und mit den zwei Mördern das Unverständnis, warum die größte Macht der Welt mit ihren gewaltigen Polizeiapparaten und soliden Gerichten auch nach zweieinhalb Jahren nicht in der Lage war, das Rätsel dieser vielfachen Schüsse aufzuklären. Es ging mich nichts an, aber es machte mich unruhig, es ging mich doch etwas an, weil es auch mein Kennedy war, den sie erschossen hatten –

Mein Kennedy erschien in dem kleinen Saloon in der 3. Straße, der schwungvolle Präsident, den ich lebendig wie jetzt Ayler, nur nicht so nah, vor nicht mal drei Jahren gehört hatte, als er unter freiem Himmel uns Studenten der Freien Universität von den wechselnden Winden sprach, *winds are changing*, und neben der versteinerten Miene Adenauers mit heller Stimme zur Demokratie, zum Eingreifen, Mitmachen und Mitdenken ermunterte (und, wie ich später gern übertreibend sagte, zur studentischen politischen Bewegung aufhetzte). Diese Sekundenvision blitzte in zwei, drei Saxophontönen auf, und es gefiel mir, ähnlich wie bei klassischer Musik auch bei dieser Nichtmusik meinen Assoziationen freien Lauf lassen zu können bis hin zu den wechselnden Winden auf dem Rasen vor den Hörsälen im fernen, stillen Berlin –

Am Ende des Stücks klatschte auch ich wie die Freunde, der Titel wurde genannt: *Truth Is Marching In*, wir nickten uns zu, anerkennendes Lächeln, von dieser Wahrheit wollten wir mehr hören. Ich hatte verstanden, die Heiligen mussten weichen oder abdanken oder in ihrem alten New Orleans bleiben, jetzt marschierte die Wahrheit von New York auf uns zu. Noch mitten im allgemeinen Beifall begann, leise und zart, das nächste Stück. Die Geige tänzelte auf feinen Tonfäden, die das Schlagzeug aufnahm und das Saxophon hochblies und wieder fallen ließ, kräftigen Beifall für die Soli gab es, und bald drängte wieder alles zu den Bruchstücken von Trauermärschen aus den Anfängen des Jazz. Immer noch wusste ich nicht genau, ob das ernst gemeint war oder parodistisch oder beides, ich merkte nur das eine: Da wurde eine Tradition angerissen, angebellt, weggeblasen, weggeschlagen, weggezupft, weggestrichen und gleichzeitig als Retterin begrüßt, als Gegenpol, als Kontrapunkt –

Die Wahrheit marschierte, es war unerträglich, die Töne marschierten, unerträglich, und doch öffnete ich alle meine Sinne für diese schräge Musik, der Wind wechselte, ich brauchte Ablenkung, gründliche Ablenkung, neue Kontrapunkte, weil ich immer noch verstört war von einigen Sätzen, die ich am Tag zuvor von der zur Amerikanerin gewordenen Mecklenburgerin Lotte Koehler, beste Freundin meiner Tante in Frankfurt und beste Freundin von Hannah Arendt in New York, bei meinem Besuch in der 84. Straße gehört hatte. Sätze über mich, beschämende Sätze über meine Zukunft, Sätze eines von Frau Koehler gefertigten Horoskops, ausgerechnet aus dieser Ecke deutscher Aufklärung der Upper West Side, waren mir, der Horoskope für Quatsch hielt, mitten im aufgeklärten 20. Jahrhundert zugeflogen und kündigten mir eine gute Zukunft, ja eine unfasslich erfreuliche und glückliche Zukunft an –

Das hatte ich nun schriftlich, das war mir peinlich, eine obszöne Schmeichelei, ein ungedeckter Scheck auf das Ungewisse, und früh um fünf an diesem Morgen hatte mich der Gedanke geweckt, die beiden Blätter einfach im Papierkorb des Zimmers im Hotel Paris zu versenken und der New Yorker Müllabfuhr zu überlassen. So unangenehm war mir das, dass ich mit niemandem darüber sprach, so beängstigend verheißungsvoll, dass ich darüber nur übel abstürzen konnte wie Schillers Polykrates. Glück ist nicht von Dauer und wird stets mit Unglück bestraft, das hatte die Ballade gelehrt, wie ich dunkel erinnerte, ich traute den Schillerversen mehr als den Horoskopsätzen, die ich aus dem Kopf zu scheuchen und zu vergessen suchte, indem ich möglichst viel Musiklärm auf mich und diese Sätze einschlagen ließ, schlagen und schlagen –

Ja, die Instrumente schlugen aufeinander ein, die Band spielte, so schien es, gegen sich selbst, als müsse sie mit aller Kraft gegen harmonische Gewohnheiten antreten. Das Saxophon, die Trompete und der Bass peitschten wie Schlagwerkzeuge ihre Töne in den Raum, die Violine zog sie auf Stahlseile, Becken und Trommeln riefen zum Aufstand gegen jede Gewissheit und Erwartung und billige Horoskophoffnung sowieso. Die Winde wechseln, hatte der ermordete Präsident gesagt, die Töne wechseln, schien Albert Ayler seinen Zuhörern zu sagen, die Töne brechen auf, die Zeiten auch. Dieser freie Jazz stellte sogar die gewohnte Rhythmik in Frage, jeden Takt und Herztakt, immer wieder wurden die Tempi gewechselt, als ginge es allein um eine möglichst dichte Folge wilder Vibrationen, um immer neue Variationen eines einzigen Schreis, und so passte auf einmal wieder alles zusammen –

So hörte ich hin, allmählich eingewöhnt und erleichtert: Das war doch keine völlig verrückte Musik, ich war nicht bei einem Jazzabend einer psychiatrischen Anstalt gelandet, diese Musik nahm die Musik auseinander und setzte sie neu zusammen zu einer Art Zirkusmusik, als schritten Blechbläser aus New Orleans mit Pausbacken oder mit breitem Grinsen durch den Kneipensaal. Sie freuten sich, sie wollten dabei sein, *I want to be in that number*, wir freuten uns, wir waren dabei, ich freute mich, die Horoskopsätze waren vertrieben. Das Saxophon zog die andern Instrumente mit, schob sie an, riss die lockeren Harmonien wieder auseinander, riss alles wieder ein, zerfetzte die New-Orleans-Idylle, verspottete die Tafelmusik der Schwarzen, ohne die Schwarzen zu verspotten –

Improvisieren, frei und doch an versteckte Regeln gebunden, so war es oft auch beim Schreiben, auch da hatte ich gelernt, dass ein Gedicht nicht zu steuern und zu planen ist. Wenn die schöne Schwarzhaarige schon unerreichbar war und nur auf den Trompeter hörte, sollte sie wenigstens besungen werden. Da der Sechzehnjährige bei einsamen Waldspaziergängen am heftigsten an sie gedacht hatte, hoffte er in Eichendorffs *O Täler weit, o Höhen* die passenden Worte zu finden. Diese imponierenden Verse waren dann aber doch nicht recht brauchbar, einer unbeholfenen Liebe Ausdruck zu geben, also hatte er selbst versucht, etwas vom eigenen Gefühl mit eigener Hand auf Zeilen zu schreiben, zu improvisieren und die Eichendorffschen Bäume beiseitezuschieben und seine eigenen liebesbegleitenden Bäume zu erfinden (lange ehe er hörte, dass solche lyrischen Selbstgespräche ein Verbrechen sein sollten). Er hatte nur ein paar Worte gemacht, erstaunt, wie viel Sehnsucht sie befriedigten, wie viel Energie und Glücksgefühle sie erzeugten: Das ist ja ein Gedicht, auch wenn es kümmerlich aussieht, mit rotem Kugelschreiber auf Karopapier gekrakelt, da ist etwas Eigenes, was gestern noch nicht dagewesen war –

Improvisieren, weitermachen, die Sprache kam fast von allein, als gäbe es einen unbekannten, unerschöpflichen Vorrat an Worten, Gefühlen und Gedanken in mir, einen Vorrat, der umso ergiebiger war, je mehr ich ihn ausbeutete. Oft genügte es, ein dynamisches Wort oder eine Redewendung aufzufangen, aufs Papier zu kritzeln und locker mit dem Improvisieren zu beginnen. Nach der ersten Zeile oder den ersten drei Wörtern entschied das Gedicht selbst, wie es weiterging, wohin es zielte, was es mitteilen oder gerade nicht mitteilen und nur anspielen wollte. Einfälle pendelten zwischen Zufällen und bildlicher Logik, Metaphern purzelten dazwischen, Wörter jagten durch die Kopffilter, und ich wusste selber nicht, welche in welchen Zehntelsekunden aufgefangen wurden und in einer Zeile landeten und wohin der eben entstehende Rhythmus die Zeile noch trieb. Es war mir egal, was die sogenannte Aussage des Gedichts sein sollte, wenn es nur originell, ironisch, verstörend und paradox klang, und in dieser Sorte Musik, kapierte ich plötzlich, passiert mit den Tönen etwas ganz Ähnliches –

Alles war ungewiss, naheliegende Antworten wurden verweigert, alle Instrumente wurden nun lauter und stürmischer, lärmten los, jaulten, quäkten und protestierten, es waren Tierlaute, Tiere in Panik, ganze Herden wurden zum Schlachthof getrieben, so hörte sich das an. Schweine, Schafe, Kühe, Herden todgeweihter, sterbender Tiere, vom Schlagzeug getrieben und geprügelt, und das Saxophon selbst wurde zu einer lebendigen Kreatur, die sich wehrte gegen das Messer, gegen den Bolzenschuss bis zum letzten Moment –

Langsam, mit einer für Europäer, für einen dummen Deutschen vielleicht verzeihlichen Verspätung, wurde mir klar, dass die Musiker bei ihrem Spiel wohl kaum an die Schlachthöfe von Chicago dachten, sondern eher an die in Vietnam, an die zwischen Dschungel und Reisfeldern, zwischen Nässe und Hitze und Gaswolken sich ausdehnenden Schlachtfelder und Schlachtwälder und Schlachtsümpfe, unendlich weit entfernt und nah wie ein Albtraum mit schreienden Menschen und unzähligen versteckten Feinden und Schurken –

Wir befanden uns mitten in einem kriegführenden Land, mitten in einem schweren und schwer zu gewinnenden Krieg, nah einem riesigen Schlachtfeld mit Zehntausenden (und bald Hunderttausenden und Millionen) Toten, von denen jeden Abend auf den Fernsehschirmen einige, wenige, in kurzen Ausschnitten und gerafften Bildern wie Trophäen gezeigt wurden neben explodierenden Geschossen, Hubschraubern, Verwundeten, Stahlhelmen, Generalsmützen. Alle Leute hier, die auf der Bühne und die auf den Zuhörerstühlen, sahen das täglich, und sie waren nicht nur als Zuschauer beteiligt wie wir drei Berliner, alle in Slugs' Saloon waren verurteilt zu Wehrpflicht, Wehrbereitschaft, Kriegsgehorsam oder zum Steuerzahlen für diesen Krieg –

Die Jüngeren konnten jederzeit eingezogen und in eine Uniform gesteckt, die Älteren Väter oder Mütter von achtzehnjährigen Kindersoldaten werden. Wahrscheinlich saßen dazwischen auch in diesem Saloon wie in anderen New Yorker Saloons und Billigrestaurants sogenannte Veteranen, Überlebende aus koreanischen und vietnamesischen Dschungelhöllen, auf den ersten Blick mehr oder weniger unverletzt gebliebene jungalte Männer, die das Befehlsgebell noch in den Knochen hatten und denen der tägliche Body

Count getöteter Vietnamesen das Gewissen und den Verstand lähmte und denen dieser Jazz ein wenig Widerstandskraft gab, nicht gleich auf die abschüssige Bahn der Depressionen, des Alkohols, der Drogenleiden zu geraten –

Das Schlachtfeld erstreckte sich von Slugs' Saloon bis in die Weiten der asiatischen Wälder, und diese Musiker rissen die Saalwand nieder und zeigten westwärts in die Ferne, sagten auf deutlichste Weise Nein, sie sagten Nein zu allem Gewohnten und Normierten, sie sagten Nein zu diesem Krieg, den alle verfluchten oder für idiotisch hielten bis auf ein paar Politiker und Militärs und die Hälfte der schlecht informierten, faktenblinden oder denkfaulen Bevölkerung –

Auch wir hatten Nein gesagt in Berlin, mit kaum zweitausend Studenten waren Christoph und ich am Amerika-Haus vorbeigezogen, wenige Wochen war das her, und hatten mit unbeholfenen Sprüchen und ohne Musik gegen diesen Krieg protestiert, der uns besonders mörderisch und verlogen erschien und unseren amerikanischen Idealismus verletzte, ein Krieg, der in aller Welt und vor allem in den USA und nun zum ersten Mal in Deutschland laut kritisiert wurde. Es hatte uns gefallen, mitten auf der Fahrbahn laufend ein paar Parolen rufen zu dürfen, auf dem Kurfürstendamm sogar, und am Ende hatten drei Eier an der Wand des Amerika-Hauses und eine für zwei Minuten auf halbmast gesetzte US-Flagge für mehr Empörung gesorgt als unsere Sprechchöre, Flugblätter und Argumente. Das alles holten die fünf Musiker mit ihren Instrumenten wieder heran, und jetzt auf einmal war dieser Jazz durch und durch verständlich –

Die Musiker holten auch das Gedicht wieder heran, das ich bald nach dieser Demonstration geschrieben hatte und mit dem ich bis nach Princeton gereist war, um es dort vor der großen Autorenrunde vorzustellen. Drei Seiten, auf denen die amerikanischen Kriegspolitiker ebenso kritisiert wurden wie die Eierwerfer, die servilen deutschen Kriegsbefürworter und die hysterischen, hetzenden Journalisten ebenso wie die bombenden, giftwerfenden Soldaten, die empörten Berliner und die braven Studenten, die nicht mitdemonstriert hatten –

Jetzt erst, mit Aylers aufdringlichem Saxophon im Ohr, begriff ich, was meinem Gedicht fehlte, es war die Musik, es waren die schrägen Töne, es war das Wilde, das Freche. Ausgerechnet dieses viel zu vernünftig geratene, appellative, überladene Gedicht hatte ich auf den Rat meines sonst so gewitzten Verlegers zum eventuellen Vorlesen mitgenommen (irgendeinen neuen Text hatte man mitzubringen), obwohl es mir schon in Berlin ungenügend und beim Flug über den Ozean ganz misslungen schien. Trotzdem hatte ich es während der drei Lesungstage in der Jackentasche behalten, immer darauf gefasst, nach vorn auf den Sessel gerufen zu werden –

Aylers Saxophon schrie gegen den Krieg, und ich hatte nicht geschrien, ich hatte nur ein bisschen herumgeplänkelt mit Worten, hatte alle angegriffen und nur einen geschont, den Autor, den Beobachter, den Bescheidwisser, den Vernünftigen. Oder den Unvernünftigen, der so tollkühn, verrückt oder verblendet war in seiner Bereitschaft, die ungelenken, unmusikalischen Verse über ein Berliner Sternenbanner auf halbmast ausgerechnet in einem Universitätstempel in Princeton neben einer feierlich eingerollten US-Flagge hundert berühmten, maßgeblichen Leuten vorzulesen, sich zu blamieren und bestrafen zu lassen und gründlich zu scheitern –

Die Gefahr war vorbei, und ich ermahnte mich, demnächst mal über diese seltsame, mir unbekannte Lust am Scheitern nachzudenken. War es die Feigheit, Nein zu sagen, war es die lammfromme Bereitschaft zur höchstwahrscheinlichen Verurteilung, oder war es der stille Mut, das Risiko auf mich zu nehmen, das Scheitern zu wollen oder zu lernen? Gehörte es nicht zum Künstler, das Scheitern zu provozieren, zu überstehen und auszukosten, wie diese Free Jazzer es taten? Verrisse einzustecken, deutliche Kritik, Vorurteile und die unerschöpflichen Ströme der Dummheit an sich abperlen zu lassen? Bereit zu sein, etwas falsch zu machen und falsch zu spielen wie Ayler und seine Leute, bereit, den Kopf hinzuhalten und nach der Ablehnung vielleicht ein paar Grade reifer, besser, gewagter weiterzumachen? –

Die Gefahr war vorbei, und ich merkte, was wahrscheinlich auch meine Freunde spürten und was wir wegen des herrlichen Lärms der Musik nicht ansprechen konnten: Wir sitzen unter lauter Soldaten, möglichen Soldaten, gewesenen Soldaten oder Soldateneltern oder künftigen Soldateneltern, wir sind hier sicher in diesem Jazz-Nest im tiefsten Downtown, die Kämpfe finden woanders statt. Ayler und seine vier Begleiter mischten sich ein in diesen fernen Krieg, sie mischten sich viel besser ein als ich mit meinem peinlichen Gedicht. Ich gab mich geschlagen, hörte in der Geige das Pfeifen der Bomben, im Schlagzeug die Maschinengewehre, das Feuer der Artillerie, und das Saxophon wehrte sich mit allem, was das Blech, was die Klappen, was der Schalltrichter des Instruments, was die Fingerfertigkeit, die Lippenkraft und der Atem seines Spielers hergaben, das Stück wollte kein Ende nehmen, wie der Krieg kein Ende nahm von Monat zu Monat und immer schwerer zu ertragen war –

Ich saß unter Soldaten, entspannten, begeisterten, musikalischen Soldaten, als Zivilisten getarnten Soldaten, und ich, der hilflose kleine Antisoldat, der durch einen Arbeitsplatz in einer Berliner Batteriefabrik sich vom Soldatwerden befreit hatte, fühlte mich durch und durch von deutschen Kriegen geprägt, von vielen vaterlosen Freunden, von Soldatenlehrern und Soldatenonkels, vor allem von den Soldatengroßvätern, von denen der eine gleich in den ersten Tagen des Ersten Weltkriegs in Frankreich zur

Leiche geworden war und der andere als U-Boot-Kapitän Hunderte oder ein paar tausend Menschen im Namen des Kaisers auf den Meeresgrund zu den Fischen torpediert hatte. Und mehr, als mir lieb war, hatte einer mich geprägt, mein eher unsoldatischer Soldatenvater, in Frankreich Eroberer, in Russland Sanitäter, in Tunis Schreibstubenknecht, in Lazaretten Dauerpatient, in Gefangenschaft Seelsorger, der mit seiner hingeschleppten Kriegskrankheit fünfzehn Jahre nach dem Ende des Krieges in den Kissen eines Krankenhausbetts seinen Soldatentod erlitten hatte –

So geprägt von all diesen Uniformmännern war ich, dass ich in jedem Soldaten immer schon den toten Soldaten sah. *Soldaten sehn sich alle gleich, lebendig und als Leich,* hatte Wolf Biermann gedichtet und gesungen, ich hatte das Lied zuerst gehört in Havemanns Hörsaal, eingeschleust von einem Ostberliner Freund an dem fastverbotenen Abend im Dezember 1963, sein letzter öffentlicher Auftritt vor den Verboten, dann in kleinster Runde in des Sängers Wohnzimmer in der Chausseestraße hinter der Mauer und den Text gelesen in seiner frechen *Drahtharfe. Soldaten sehn sich alle gleich,* besser konnte, anders sollte man Soldaten nicht beschreiben. Die Zuspitzung auf gleich und Leich hatte meinen Bundeswehrfreund empört, ich fand sie völlig gerechtfertigt, auch wenn die Erinnerung an amerikanische Soldaten ganz andere Eindrücke festgehalten hatte von lockeren Siegern, die uns Kindern am Waldrand über dem Dorf das Himmelreich mit Kaugummi, Jeeps und Pornobildchen erschlossen, wenn wir sie unsere Fahrräder ausprobieren ließen, zuverlässige und gleichzeitig lässige Wächter an den Grenzen in Hessen –

Soldaten sehn sich alle gleich, das stimmte vielleicht doch nicht, Biermann, so herzlich und lustig er war, nannte sich Kommunist, ich wollte kein Kommunist sein, ein Zweifler und Spötter ja, aber doch kein Kommunist. Auf dem Visumsantrag des Generalkonsulats der USA in Frankfurt hatte ich, erschreckt von der Frage, ob ich Kommunist oder Nazi sei, mit gutem Gewissen per Unterschrift versichert, nicht zu diesen verdächtigen Menschengruppen zu gehören. Kommunisten gingen immer zu weit, ich wollte nicht zu weit gehen, aber nur weil ich kein Kommunist war, durfte ich in dieses Land einreisen und hier zwischen lauten Musikern sitzen, die viel zu weit gingen und mir den Kopf durcheinanderwirbelten, und zwischen künftigen Soldaten, die keine Leichen werden wollten, aber möglichst viele Kommunisten töten sollten, während ich in diesem Saloon mich wehrte gegen den Wahnsinn der Kriege mit den zwei kurzen Zeilen eines Kommunisten, der gerne zu weit ging und das noch feierte –

Ayler und seine Band mit ihrer kreischenden Lebendigkeit hatten mich zu den Soldaten entführt, zu den lauten, den leisen Kriegen, den Katastrophen, den Widersprüchen, nun geleiteten sie mich zurück in die Gegenwart dieses halbdunklen Raums, sie boten beinah harmonische Klänge an, Choralzitate, die nach wenigen Takten in falsche Harmonien kippten. Choräle hatte ich genug gehört, viele Strophen hätte ich noch auswendig aufsagen oder singen können, wieder wurden Erinnerungen wachgekitzelt. Auf dem doppelten Boden dieser Musik waren keine frommen Gesänge möglich, wahrscheinlich wieder eine Parodie, und es passte, dass Ayler nach den letzten Takten kurz und trocken den Titel *Our Prayer* nannte –

Ich konzentrierte mich, als der Beifall verebbt war und das dritte Stück begann, ich wollte beim Hören nicht immer an alte Zeiten denken und doch die Assoziationen nicht fesseln und den wohligen Rausch nicht abbrechen, wenn mehrere Gedanken gleichzeitig hochschnellten. Ich gierte nach dieser ungewohnten Erfahrung, bei der nach dem Kommando der Musik das Innen und das Außen ineinanderstürzten und ich die Kontrolle verlor über das, was mir da alles in den Kopf flog und in irgendwelchen Nervennetzen hängenblieb. Die Saxophonklagen waren das Radikalste, was ich in der neuen Musik je gehört hatte, sie vibrierten in allen Sinnen, in allen Gehirnzellen. Die Eruptionen der Töne lösten Verkrustungen, so kam es mir vor, da brach etwas auf aus tieferen Schichten, da fing etwas zu beben an in mir und machte Platz für freiere Phantasien –

Die vulkanische Gewalt der Musik, ich hatte sie ähnlich erfahren im Alter von vierzehn Jahren, als das von Mutterliedern, Abendliedern, Morgenliedern und vom Männergesangverein verwöhnte, das choralgewohnte, das liederliebende Gehör den Dixieland-Jazz entdeckte, als im Alter von fünfzehn Jahren die Dixieland-Ohren Beethovens Klaviersonaten von einem durch die Schulen reisenden Pianisten zu hören bekamen, als mit sechzehn die Offenbarung des modernen Jazz, mit Mangelsdorff und Doldinger, als mit siebzehn nachmittags Elvis Presley im Radio und abends das Weihnachtsoratorium fällig waren, begleitet von den Tränen der gerade zur Witwe gewordenen jungen Mutter, und als mit neunzehn die Wucht einer Orgel-Toccata im menschenleeren Pantheon in Rom folgte, und manchmal hatte ich die Gewalt unerhörter Musik sogar vor dem Rundfunkgerät bei Symphoniekonzerten und großen amerikanischen Jazzern erfahren –

Von allem war an diesem New Yorker Abend etwas dabei, ein gnadenloser Vielklang, manches kam mir bekannt vor, das meiste aber war neu und abschreckend beim ersten Hören, alles floss auf dieser kleinen Bühne zusammen und wurde durcheinandergewirbelt in der schrillen Mischung der Stile und Formen. Du hältst das aus, freu dich, morgen um diese Zeit, dachte ich, sitzt du im Flugzeug über dem Atlantik und hörst gar nichts außer den Motoren und siehst gar nichts außer Nachtschwärze, also nimm jetzt auf, so viel du kannst, nimm jetzt mit, so viel du kannst, alles, was du hier hörst und siehst, hör zu, hör hin –

Aber ich hörte nicht als Experte zu, der die Kunstfertigkeit eines Solisten zu würdigen wüsste, sondern als Laie, der gar nicht anders konnte, als seinen eigenen Assoziationen freie Bahn zu geben und in viele Richtungen zu folgen. Auch im Taumeln des dritten Stücks, im Schwanken und Schunkeln und Suchen, Rufen und Seufzen, sah ich schon wieder neue Bilder, hörte eingesperrte Viecher im Zoo, panische Vogelstimmen, bissige Möwen, meckernde Enten, Urwaldtöne, dann Schreien. Das Geschrei der Instrumente wurde kräftiger, wurde zu menschlichen Schreien, vergeblichen, sinnlosen Schreien –

In Aylers Band hörte ich jetzt das Hämmern, Klagen, Schreien der untergegangenen Soldaten wieder, in einem Stahlsarg auf dem Grund des Ozeans eingesperrte Soldaten, über die ich zwanzig oder dreißig Zeilen, die ein Gedicht sein sollten, geschrieben hatte vor fünf Jahren etwa. Schon wieder Soldaten, aber was konnte ich für das, was mir einfiel, was konnte ich dafür, dass der fürchterlichste Krieg noch nicht lang zurücklag und ein kalter Krieg weiter und weiter ging, was konnte ich für das, was in der Zeitung stand. Fünfundzwanzig Männer einer Militärstation der Navy im nördlichen Atlantik auf einer stählernen Insel zum Abhören der Sowjetunion waren mitsamt ihrer Insel im Orkan versunken, und Taucher hatten sie nicht mehr befreien können, ein von der Lokalzeitung ausgebreitetes Drama im Winter 1961 –

Der Achtzehnjährige, dem alles Soldatische fremd war und der seiner drohenden Wehrpflicht irgendwie entkommen wollte, hatte die Perspektive der Soldaten eingenommen und im Wir-Ton geschrieben, hatte sich den Tod dieser armen Schweine in ungelenken und pathetischen Worten vorgestellt, einen schrecklichen Tod in der Stahlkammer oder im eisigen Wasser, von Fischen gefressen oder erstickend oder vom Stahl zerquetscht, einen unnötigen Tod junger Männer auf dem Meeresgrund. Jetzt schien es mir, als hörte ich die passende Musik zu diesen Zeilen –

Das Totengedicht *Letzte Meldung*, dachte ich in diesen schreienden, blitzenden, schrillen Sekunden unter dem Dauerfeuer des Saxophons, war zum Siegesgedicht geworden, weil ich es aus der nordhessischen Kleinstadt Korbach in die Rothenbaumchaussee nach Hamburg geschickt hatte an die Redaktion der «Montagsschule», in der einmal im Monat literarische Texte von Schülern und Studenten gesendet wurden. Der stille Jubel, als eine Postkarte aus Hamburg die Sendung des Gedichts ankündigte. Der Triumph, als ich mich aus der Heimlichkeit des Schreibens herauswagen konnte und bald darauf zum ersten Mal meinen Namen hörte im Radio und dann, von einem guten Sprecher gelesen, meine Zeilen, ein längeres Gedicht, zwei Minuten vielleicht, Wort für Wort über ganz Norddeutschland und über die Grenzen bis in die Ostzone, bis nach Nordrhein-Westfalen und Hessen hinein, wo ich am Familienradio saß in der Wonne narzisstischer Einsamkeit –

Narziss in Slugs' Saloon, Narziss in Hessisch-Sibirien: Der See, in dem ich mich gespiegelt hatte, war das Radioauge gewesen, das Auge im Wunderkasten der Musik und der Stimmen, der unendliche Äther meine Öffentlichkeit, die über das Gymnasium und die Kreisstadt hinausging. Vielleicht hatten tausend Leute zugehört, vielleicht hunderttausend, das war egal, es war ein unvorstellbarer Weg der von mir erfundenen Worte junger Amerikaner aus der Tiefsee über das Papier auf der schmalen Schreibplatte meines Sekretärs zu dem mit der Wanderer-Maschine getippten Blatt und zum Briefkasten und mit dem Mund eines fremden Sprechers durch Mikrophone und Sendemasten bis in den sogenannten Äther, hinauf in die Höhen, in die Wunderwelt des Radios, das die Worte durch die Luft wieder zu mir zurückgeweht hatte –

Ein Echo hatte ich gehabt, ein kompliziertes, beglückendes Echo, dachte ich, während die Aylerschen Marschrhythmen meine Ohren besetzten, die *Letzte Meldung* war meine erste Meldung geworden. Es war nicht vergeblich gewesen, diese Zeilen zu erfinden über die ertrunkenen Soldaten. Ich hatte hingehört, hatte auf sie gehört und aufgeschrieben, was ich mir eingebildet hatte, welche Worte sie für ihr Entsetzen gebraucht haben könnten. Sie hatten verloren, ich hatte gewonnen. Sie waren nicht gerettet worden, aber sie hatten mich gerettet. Sie hatten mir geholfen, mit eigenen Worten mich zu stärken für das, was hinter den zwei Silben Leben steckte und hinter den zwei Silben Zukunft. Vor dem Badezimmerspiegel hatte ich mich gehasst für die Pickel und den lächellosen Blick, vor dem Wörterspiegel, vor der glitzernden Oberfläche aus Buchstaben, lernte ich mich zu ertragen nach diesem Triumph. Ich war ein schlechter Schüler gewesen, ein schlechter Sportler, ein schlechter Musiker, ich machte mich selber schlecht, aber in der Hamburger Redaktion hatte man mich nicht schlechtgemacht, in Hamburg hatte man mich verstanden, im NDR hatten sie mich erhoben, meine Zeilen, in Zauberstimmen verwandelt, hatten das Fliegen gelernt –

Und es wurde sogar dafür gezahlt, fünfzig Mark brachte der Geldbriefträger, fünfzig Mark dafür, dass ich es gewagt hatte, den unbekannten, ertrunkenen Soldaten eine Stimme zu geben. Fünfzig Mark für die kindliche Kühnheit, über den Tod zu schreiben, von dem ich nichts verstand und mit dem ich mich überhaupt nicht beschäftigen wollte (während das Unterbewusstsein, wie ich erst viel später vermutete, mit diesem Gedicht wohl auch den gerade erst in die unerreichbare Tiefe der Friedhofserde gesunkenen Vater gemeint hatte und vielleicht auch die vom U-Boot-Großvater mit Torpedos auf den Meeresgrund beförderten jungen Männer) –

Aber dies Gedicht war der erste Schritt gewesen, der erste Schritt der wenigen Schritte, die mir die Einladungen zu den berühmten Schriftstellern und nun sogar zu einer kostenlosen zweiwöchigen USA-Reise inklusive Aufenthalt in New York gebracht hatten, hoch auf das Empire State Building und runter in Slugs' Saloon zu Albert Ayler. Den hörte ich im Marschrhythmus siegesgewisser Truppen näherrücken und immer schneller werden, hörte Blaskapellen und Feiertagsstimmung mit Ausrufern, Sprechern, Rednern im Hintergrund, gebrochen, abgebrochen, weiter voran –

Das klang fast wie das Geschrei, Gerufe und Geklingel im riesigen Börsensaal der Stock Exchange unten an der Wall Street, wo ich hingepilgert war, um einen Eindruck zu bekommen vom wahren Nabel der Welt und den kläffenden Händlern, vom Tempel der springenden und laufenden Zahlen, vom Geflacker der Rechner, vom Gefecht der Geschäfte, von dem ich nach fast einer Stunde noch weniger verstand als vorher. Das Tenorsaxophon im Kampf gegen alle, gegen den Wohlklang, gegen die Zahlen, gegen die Einfalt des Rechnens und der Renditen, gegen den Kompromiss, es zog nach und nach das Schlagzeug auf seine Seite, zu zweit gegen den Rest der Welt, ich zählte einen Siebenertakt und wusste nicht, ob ich richtiglag –

Denn ich konnte gar nicht Takte zählen außer den drei oder vier einfachsten, ich konnte weder Quinten erkennen noch Dur oder Moll, ich war ein musikalischer Nichtswisser, hatte zwei Jahre auf der Posaune gespielt, aber ohne richtigen Unterricht, die ganze Terminologie der Musikmenschen hatte ich nie gelernt oder nie behalten, Grundlagen und Harmonielehre null bis nichts. Ich war nur ein tumber Zuhörer mit unterentwickeltem Gehör, der sich gern von den verschiedensten Musikarten durchschütteln ließ, mal von dieser, mal von jener, eine nach der andern, und der sich überfordert fühlte, wenn wie hier alles durcheinanderging –

Es genügte mir, die Synkopen zu bemerken, die Stolpertakte, die kleinen Arrhythmien im Wettkampf der Rhythmen, und deshalb meinte ich sie immer besser zu verstehen, diese Musiker, Geräuschemacher und Gefühlsartisten, sie tanzten an ihren Synkopen entlang von einem Wagnis zum nächsten. Und ich tanzte mit, stillsitzend mit, zufrieden, mal mehr, mal weniger den richtigen Rhythmus findend wie vor ein paar Wochen im *Night-Mail*-Gedicht des W.H. Auden, das ich in Reime und Rhythmen übersetzt hatte im Auftrag des Dritten Fernsehprogramms für schweinisch viel Geld. Siebenhundert Mark, obwohl ich nur dürftiges Schulenglisch konnte, für den Umgang mit Rhythmus und Synkopen in dem für die britische Nachtpost werbenden Film von 1936, rhythmisch getragen von Benjamin Brittens Musik und Audens Zeilen (die vier Jahrzehnte später von Fachleuten als erster Rap, als Urtext der Rap-Kunst entdeckt, beschrieben und gefeiert wurden) –

So sah ich den nächtlichen Postzug durch das Synkopengewitter rasen von London nach Schottland hinauf, gerade vor kurzem erst war das Gedicht im Original und in meiner Version von NDR und SFB gesendet worden. Das war geschafft, das hatte ich hinter mir, ich lehnte mich zurück und lehnte mich nach vorn, den synkopischen Tönen entgegen, denn jetzt wirkten sie auf einmal vertraut, die Schreie des Saxophons und der Trompete, die Schläge des Basses und der Trommeln, die leisen, harten Geigenstriche, jetzt hatte ich mich daran gewöhnt, auf den unverschämten und kaum hörbaren oder zu laut getröteten Tönen Phantasien zu errichten, Gefühle und Erinnerungen jeder Art hochzukatapultieren –

Takte eines Triumphs schienen das, eines kurzen Triumphs, der schnell wieder kläglich zusammenbrach, bis die Geige die Führung übernahm und die anderen noch einmal hochzog, alles wurde gesteigert, geschleudert, hin- und weggetrommelt. Wie eine ängstliche Herde scharten sich die Instrumente umeinander, um sich gegen Feinde zu schützen, zitternd, abwehrbereit, so stellte sich wieder eine neue runde Ordnung her, ein Rondo, ein Abgesang –

In der Pause sprachen die Freunde ihre Begeisterung aus, Christoph meinte, der Trompeter müsse der Bruder von Ayler sein, die anderen Spieler kannten sie nicht mit Namen, umso mehr überboten sie sich im Lob der so verrückten wie genialen Aylers.

Da konnte ich nur zustimmen und versuchte, auch etwas Kompetenz mit einer urteilenden Bemerkung vorzutäuschen, indem ich den Violinisten und seine zarten metallischen Töne als besonders raffiniert bezeichnete. Erst beim Aussprechen dieses Prädikats raffiniert merkte ich, wie banal es war, wie bieder und blöde, das hätte ich mir sparen können. So fiel ich wieder in meine gewohnte Rolle zurück, nach so viel Ohrenbetäubung machte mir das Schweigen nichts aus, besser Schweiger als Schwätzer, das war die Devise –

Was sollte man auch sagen über diese Töne, die schreckten und entzückten, störten und verwunderten, wie konnten solche minütlich wechselnden Gegensätze, wie konnte Musik überhaupt in stimmige Sprache gebracht werden, es war unmöglich, es war mir jedenfalls unmöglich, ich war kein Fachmann und konnte weder in das Arsenal der Begriffe des musikalischen Handwerks, der Instrumentenkunde noch zu den berühmten Namen greifen, um in solchen Gesprächen mitzuhalten. Also wartete ich einfach ab und schwieg und hörte halb zu und ließ meinen Gedanken die Freiheit zu laufen, wohin sie wollten, die Lust an solcher Freiheit musste im freien Jazz erlaubt sein. Wir bestellten ein zweites Bier, ich musterte das Publikum, schwarze und heitere Gesichter, und hörte den Freunden zu, die nun mit den Namen anderer Größen des Jazz jonglierten. Ich war zufrieden, entspannt, hellwach und stolz auf mich, den ersten Teil dieses wilden Abends überstanden und stellenweise sogar goutiert zu haben –

Die Gedanken sprangen am Trompeter entlang zu meinem Vater zurück, wenn der dich hier sähe, der seit über fünf Jahren begrabene Vater, oder die Mutter, die Chorsängerin, von absoluter Verständnislosigkeit gegenüber dem Jazz und den Höllenritten des Free Jazz erst recht, und ich sah meinen Vater mit seinem aggressivsten Gesicht wieder das Kissen werfen gegen mich, weil ich in seinen Augen ein Sünder, Mädchenschänder und Lügner geworden war wegen eines Jazztrompeters in der Nacht, nachdem ich meinen siebzehnten Geburtstag gefeiert hatte. Und sah die ganze Episode und das Kissen wieder vor mir: Sechs Mädchen, sechs Jungen hatte ich zu einer Party in unsere Wohnung, in mein Zimmer einladen dürfen, einer hatte den Plattenspieler mitgebracht für uns Tanzstundenkinder, alles noch ohne Bier oder Wein, die Jugend sollte lernen, auch ohne Alkohol fröhlich zu feiern, aber mit Coca-Cola, Schnittchen, Salzstangen und Elvis Presley. Um 23 Uhr war Schluss gewesen wie verabredet, nun galt es, die Mädchen durch die Straßen zu ihren Haustüren zu begleiten bis halb zwölf und spätestens um Mitternacht wieder zu Hause zu sein wie versprochen. Wir hielten das Versprechen, lieferten die Mädchen ohne Umwege ab, keine hatte ich geküsst, keine war in mich verliebt, und ich nur wieder in die Falsche, die Schönste, die fest zu ihrem Freund stand, der auch mein Freund war und mir den

Fall von Camus geschenkt hatte, und dann hatte einer gesagt: Jetzt trinken wir noch ein Bier –

Ich hatte gezögert, ich war gewohnt zu gehorchen, mein Versprechen zog mich nach Hause. Aber du hast doch Geburtstag, komm mit, sagte ein anderer, und wir landeten in einem Gasthaus, wo wir mit Jazz empfangen wurden an diesem Samstagabend, Jazz in Korbach! Schnell erkannte ich den Trompeter, es war der Trompeter aus der Jazzband der Internatsschule, die ich zwei Jahre zuvor besucht hatte, der einstige Rivale, der mit der von mir vergeblich angebeteten schönen Mitschülerin verbandelt war. Ich hörte ihm zu, ich freute mich, ihn zu sehen, den strahlenden Siegertyp Hilmar, gegen den ich nie eine Chance hatte, den Star an der Trompete und am Handball. Er kam an unseren Tisch, meine Freunde staunten, dass er sich zu uns, zu mir herabließ. Eine schöne Überraschung, wir redeten miteinander, er hatte inzwischen das Abitur und tingelte an den Wochenenden mit seiner Band durch Nordhessen –

Als meine Freunde sagten, ich hätte grade Geburtstag gefeiert, fragte der Trompeter, was ich hören wolle, und mir fiel nichts Besseres ein als *When the Saints Go Marching In*, und sie spielten das für mich, es war herrlich. Direkt nach einem solchen Geschenk den Saal zu verlassen und zu gehen, wäre äußerst unhöflich gewesen, also blieb ich, mit noch schlechterem Gewissen, weil es immer später wurde und ich längst zu

Hause hätte sein müssen, ein zweites Bier trinkend, und dann spielten sie wieder so mitreißend, Bebop und Blues, mit Bass, Schlagzeug, Klarinette, Trompete gute Laune produzierend, die mich nur äußerlich erfasste, denn in mir tickte, in mir brannte die Uhr und gleichzeitig die Lust, dem unsinnigen Elterngebot zu trotzen, bis ich mir beim dritten Bier sagte, es ist sowieso viel zu spät, der Ärger nicht mehr zu vermeiden –

Wir waren aufgestanden, Peter und Christoph rauchten, und während ich vorgab, ihrem Gespräch über eine bestimmte Schlagzeugtechnik von Gene Krupa zu lauschen, war der Erinnerungsblitz längst bei der Szene, sechs Jahre war das her und wie gestern, als ich in jener Geburtstagsnacht, eben auf Socken in die Wohnung geschlichen, zwei Stunden zu spät, vom wachgebliebenen Vater heranbefohlen, sein Fragen, Schimpfen, Donnerwettern zu hören bekam, im Hintergrund die Mutter mit aufgelöstem Haar im weißen Nachthemd entsetzt auf ihren ungehorsamen Erstgeborenen starrend. Solchen Ungehorsam waren sie nicht gewohnt, ich noch weniger, geschockt von der väterlichen Wut, mit der er unterstellte, wir hätten uns mit den Mädchen herumgetrieben, die Versprechen nicht gehalten und so fort. Mehr als meine mögliche Unmoral fürchtete er wohl um seinen Ruf als Vater und Pfarrer, denn die Eltern der anderen, die solche Partys mit Elvis in ihren Wohnungen nicht erlaubten, sahen in meinen Eltern Autoritäten und vertrauten der Zusage, dass alles alkoholfrei und keusch zugehen werde. Als ich ansetzte zu erklären, dass die Mädchen pünktlich zurückgebracht worden seien und ich nur einen alten Freund aus der alten Schule getroffen hätte, der da Jazz gespielt habe, wurde er noch wütender, schimpfte mich Lügner, erhob sich in einem blassblau gestreiften Schlafanzug aus der Schräglage im Bett, brillenlos blind wirkend, richtete sich auf und griff zu seinem Kopfkissen, riss es hoch mit seinem rechten Arm und schleuderte es mit einem Fluch in meine Richtung –

Das Bild war geblieben: der erhobene Arm mit dem Kissen, hilflos, fast lächerlich. Das Kissen war seine letzte Waffe, der hochgereckte Arm hatte etwas von Laokoon aus dem Griechischbuch, der sich gegen die Schlangen wehrt, ein starker Mann und schon Verlierer. Der Segensarm des Priesters, des Pfarrers mit einem weißen, eher schlaffen Kopfkissen in der Luft gegen die Sünden der Welt, die Segenshand wird zur Wurfhand, der Mund, der so viele Segen sprach, zum Fluchmund. Die Szene war zum Schreckbild erstarrt, da ich den Kern seiner Verzweiflung erst später zu erahnen begann. Zu der Zeit war er schon schwer krank gewesen, was die Eltern ihren vier Kindern noch nicht verraten hatten, mit wenig Aussicht auf Heilung seiner zerfallenden Leber, zehn Monate bevor dies von Kriegsgelbsucht geschädigte Organ ihn elend sterben ließ. Das Bild des wütenden Kopfkissenwerfers, so traurig wie komisch angesichts meiner kindlichen Unschuld, es war das letzte markante Bild von ihm –

Das Bild war geblieben und der Nachhall des Schocks, dass der Mann, der so gut wie nie in Wut geriet und als guter Christ und aufmerksamer Menschenfreund nicht fluchte, der bekannt war für seine Zuhörfähigkeit, seine lockere Freundlichkeit und beliebt gerade bei Jugendlichen, weil er sie ernst nahm, nicht groberzieherisch behandelte, sie sogar sexuell aufklärte, weil das sonst keiner tat in den endfünfziger Jahren, dass dieser Mann nicht mehr er selber war. Der Schock, dass dieser Vater, aus welchen Gründen auch immer, seinen nur der Unpünktlichkeit schuldigen Sohn, der wirklich nichts mit den Sünden der Welt zu schaffen hatte, nicht ausreden ließ und wie einen Schwerstsünder abkanzelte –

Wahrscheinlich hatte ich am nächsten Tag die viel zu lange Verspätung erklärt und mich widerwillig entschuldigt, wahrscheinlich hatte er sich von meiner Unschuld überzeugen lassen und mir dann von seiner Krankheit erzählt, das vermutete ich nur, zu stark ist die Erinnerung vernebelt. Trotzdem war das Bild des Kissenwerfers lebendig geblieben, nicht aber die Worte, die ich wie einen Fluch, mit dem Wurf in meine Richtung geschickt, empfunden hatte. Vielleicht war es kein Fluch, sondern eine harte oder scharf intonierte Formulierung, mit der er mich traf, ein schmerzhafter Tritt ins Erwachsenenleben. Er wählte seine Worte stets mit Bedacht, viele Leute schwärmten von seinen Predigten, Vorträgen und verständnisvollen Gesprächen, er war Herr seiner Gefühle und schimpfte selten. Mit diesem Fluch war auf einmal die Brücke zwischen uns weg, die immer schon bröckelig gewesen war, wir hatten keine gemeinsame Sprache mehr, und mit einem Kranken, bald Schwerkranken, konnte der Siebzehnjährige, der sich ohnehin abgrenzen und auf sich selbst und ins heimliche Schreiben zurückziehen wollte, nicht reden, die Aussprache fand nicht statt, die Verletzung heilte lange nicht –

Manchmal hatte ich mich gefragt, welche Worte er mir in seiner Wut über das Zuspätkommen und in der Verzweiflung über seine zerfallende Leber entgegengeschleudert haben könnte, nie wieder sind sie mir eingefallen, keine einzige Silbe dieser Worte, die auf mein schlechtes Gewissen trafen, vielleicht mussten sie vergessen werden, weil sie mich so tief verletzt hatten. Nur der zischende Ton ist im Ohr geblieben, der Ton zum Kissenwerferbild, das ich seitdem mit mir herumgetragen hatte, bis nach Berlin und bis in die sogenannte Neue Welt und in den verrauchten Saal in der 3. Straße von Manhattan –

Diese kleine Erinnerung konnte ich den Freunden nicht auftischen, schon gar nicht im Pausenlärm des Slugs' Saloon (außerdem hatte ich sie selbst noch lange nicht verstanden und noch keine Worte für solche mikroskopischen Innensichten). Aber ich ahnte in diesen Minuten wahrscheinlich zum ersten Mal, wie sehr die Musik in mein Leben hineinregierte. Es gab diese sonderbare Spur, die mit Trompetern zu tun hatte, am Anfang der Trompeter aus dem Internat, der meiner ersten Liebe im Weg gestanden und so dazu beigetragen hatte, den Schreibtrieb zu wecken mit ersten tapsigen Gedichtzeilen und die Sehnsucht in Wortsucht zu verwandeln. Und, nehmen wir es als Zufall, derselbe Trompeter mit seinem zweiten Auftritt bei der nächsten Weichenstellung, vor dem letzten Krach mit dem Vater. Und hier auf der Bühne wieder ein Trompeter, der Ayler-Bruder neben Ayler, einer dieser fünf Leute, die mich aus der New Yorker Gegenwart in meine eigene Vergangenheit hinabzogen –

All das war zu intim, zu heikel und zu wenig wortfertig, um selbst bei besten Freunden schon Gesprächsstoff zu sein, also sagte ich nichts. Wenn mich jemand nach den wichtigsten Erlebnissen mit Trompetern gefragt hätte, wäre die Begegnung mit Louis Armstrong in Hamburg fällig gewesen, als wir mit der Schulklasse den Flughafen besichtigten und uns der gerade gelandete weltberühmte Mann mit seinen Leuten über den Weg lief. Um der Geschichte eine Pointe zu geben, schwindelte ich manchmal hinzu, ganz laut «Satchmo!» in seine Richtung gerufen zu haben, was er mit einem wohlwollenden Nicken belohnt habe, eine Ermunterung, selber Trompeter zu werden, was mir leider nicht gelungen sei, weil im Posaunenchor die Trompete nicht frei war und ich deshalb unglücklich an der Zugposaune scheitern musste, ein bisschen Jägerlatein für Musikfreunde –

Einen Posaunisten könnten sie noch brauchen, dachte ich, als die fünf Musiker nach der langen Pause wieder loslegten, Ayler jetzt ohne Jackett, und stellte mir vor, wie lange ich als Dilettant in dieser Band mithalten könnte, als sechster Mann. Auch hier würde ich scheitern, das waren Profis, die bis an die Grenzen ihrer Instrumente gingen und uns damit schockten, und keine Nichtskönner wie ich, die nicht mal einen sauberen Ansatz und langen Atem hatten und keine drei Takte hätten mithalten können, eine dumme Idee, weg damit. Neue und unerwartete Töne flogen heran als Schreie, als Bisse, und vermischten sich mit Motiven aus den vorigen Stücken. Schmerz, Kuss, Orgasmus, Anstoß, Einstoß und Wegstoß und Jux in einem –

Wegstoß, der hilflose, lächerliche Kissenwurf des Vaters war ein Stoß gewesen, mit dem er mich in die Erwachsenheit geschoben hatte, so hatte er mir geholfen, von ihm Abstand zu nehmen, noch mehr Abstand, und sich selbst entthront mit seiner Wut. Gleichzeitig die Bestätigung, dass ich in meiner Rolle als guter Sohn versagt, seine Erwartungen nicht erfüllt und zu viele Schwächen und Fehler hatte und in seinen Augen nun sogar ins Abseits unbekannter Sünden wegzusinken drohte. Wer so über dich herfällt an deinem Geburtstag wegen Unpünktlichkeit, der hat dich nicht geliebt, diesen Gedanken hatte ich nie zu denken gewagt, aber er lauerte lange im unteren Unterbewusstsein. Andererseits war es durch und durch komisch, dass der Herr Pfarrer seinen viel zu braven Sohn als Schwerenöter, den unbeholfenen Jungen als Casanova, das ehrliche, picklige Kerlchen als Lügner verkannt hatte –

In die Erwachsenheit gestoßen: *Mit siebzehn fängt das Leben erst an*, auch der Schlager hatte recht, und ich wünschte mir, dass Ayler und seine Band jetzt die Melodie oder den Refrain dieser deutschen Schnulze spielten, die wir als Schüler lachend zitiert und zur ironischen Selbstaufmunterung mitgesungen hatten. Endlich konnte ich den Abstand vom Vater feiern, plötzlich war mir nach Lachen zumute bei den Abschweifungen von dem Jazzlokal in New York in das elterliche Schlafzimmer einer mittelalterlichen deutschen Stadt, gern hätte ich jetzt aufgelacht, richtig laut gelacht. Im Free Jazz geht doch sonst alles, warum nicht auch eine kitzelnde, kichernde Variation auf den Peter-Kraus-Refrain: *Mit siebzehn, mit siebzehn* –

Den Gefallen taten sie mir nicht, das war kein Wunschkonzert, es blieb bei Stoß und Schmerz, bei dieser prügelnden Musik in den Ohren musste ich zugeben, der Vater hatte mir, zehn Monate vor seinem Tod, nicht körperlich weh getan, die Zeit des Prügelns war schon lange vorbei, aber er hatte den Schmerz in die Seele gebrannt: beschimpft und verflucht zu sein für etwas, was ich nicht getan hatte und so gern getan hätte, endlich dem Körper eines Mädchens, einer angebeteten Schönen näherzukommen. Beschimpft und verflucht zu sein für etwas, was ich nur schüchtern erträumte, worauf ich nicht mal eine realistische Aussicht hatte, denn auf die leichter zu habenden, weniger schönen oder unschönen Sechzehn- und Siebzehnjährigen wollte ich mich gar nicht erst einlassen –

Ich klatschte Beifall, obwohl ich dem Solo des Trompeters kaum zugehört hatte, ich hörte immer noch in die alte Geschichte hinein, als wäre es selbstverständlich, dass die Kissenszene auch fünf Jahre nach dem Tod des Kissenwerfers weiter wirkte und mein Vaterbild nicht zur Ruhe kommen ließ. (Beim Rekonstruieren dieser Szene und beim Schreiben über den Zuhörer, der ich damals war, habe ich zuweilen gedacht: Ich will nicht so weit gehen zu behaupten, auch deshalb – oder, weil Übertreibung gefragt ist, nur deshalb – ein Schriftsteller geworden zu sein, weil diese Leerstelle aus der Nacht meines siebzehnten Geburtstags immer wieder mit Worten gefüllt werden musste und darum mein ganzes Autorenleben eine Suche nach den passenden Worten sei, das wäre Küchenpsychologie.) Aber der Fluch gegen die unerfüllten Wünsche, gegen mich, gegen den, der ich nicht war, vielleicht war es der Fluch mit dem vergessenen Wortlaut, der mich bald nach diesem Zwischenfall mit einem Gedicht antworten ließ, von dem nur eine Zeile übrig geblieben ist, alles andere verbrannt und vergessen. Nun tauchte im New Yorker Tohuwabohu aus wilder Musik und wilden Rückwärtsgedanken auch diese eine Zeile wieder auf, die angeberische Titelzeile *ich habe mit dem tod gesprochen*, von Schlagzeug und Saxophon und Trompete begleitet –

Auch jetzt in Slugs' Saloon, zwischen dem von einem fernen, asiatischen Krieg berührten Publikum und den nach Frieden schreienden Musikern, war mir nur die eine Zeile, nur die Titelzeile präsent, fest ins Gedächtnis geprägt in der avantgardistisch gemeinten, ehrgeizigen Kleinschreibung, alles andere war versunken, kein Wort, nichts von Bildern, Metaphern, lyrischen Überlegungen übrig, nur diese sechs Worte, diese wahrscheinlich von Rilke inspirierte Großsprecherei: *ich habe mit dem tod gesprochen* –

Monate vorher, so war es mir später oft durch den Kopf gegangen, musste der Siebzehnjährige diesen Tod geahnt und sich vorsorglich auf ihn eingestellt, vielleicht sogar heimlich gewünscht haben, obwohl zu Hause davon nicht die Rede war, jedenfalls nicht am Esstisch vor den Kindern. Nicht lange, nachdem der Älteste heimlich seine wirren Zeilen mit rotem Kugelschreiber aufs Papier gebracht hatte, konnte der Vater nicht mehr regelmäßig seinen Pflichten nachgehen und lag dann wochenlang im Bett, während beim Abendbrot Besserung und Hoffnung abwechselnd von den Ärzten, von Gebeten und Traubensaft und vor allem von Gottes Hand erwartet wurden, es seien ja nur die Folgen einer Gelbsucht aus den Lazaretten des Krieges zu kurieren. Als er für die letzten Wochen ausziehen musste in das Krankenhaus, besuchte ich ihn möglichst selten, der Kissenwurf wurde nie mehr erwähnt, beim letzten Besuch lag der gelbbleiche Mann mit seinen achtundvierzig Jahren so ermattet in den Kissen, dass das Heben des Armes und das Heben der Stimme nicht mehr möglich waren –

Ein Ende ohne Abschied (was heißt schon Abschied, wenn noch fünfeinhalb Jahre später die Gedankenblitze in New York so deutlich waren und ein halbes Jahrhundert danach beim Rückwärtsfühlen und beim Schreiben dieses Selbstporträts weiterzuckten). Der Tod sorgte für so viel Sensation und Geschäftigkeit, dass ich unter den Stürmen des Beileids auflebte und kaum weinte in den ersten Trauertagen. Erst in der Kirche, als ich mit der Mutter, der neununddreißigjährigen Witwe, und den Geschwistern in der ersten Reihe wie auf einer Bühne saß, unter der schmeichelnden Gewalt der Orgel, unter der Wucht der Choräle und den vom Verstorbenen gewünschten Adventsliedern auf den Sarg starrend, auf die Menge der Trauernden, auf das Erdloch an der Friedhofsmauer, stiegen die Tränen in mir auf und schossen los, stundenlang weinte ich, als hätte ich jede Beherrschung verloren –

Ich habe mit dem tod gesprochen, das war geschwindelt und stimmte trotzdem und klang immer noch nach wie ein Echo. Erst nach dem Umzug des Vaters auf den

Friedhof bemerkte ich das Unheimliche dieser Zeilen: Das Gedicht, obwohl es gewiss so emotional und epigonal schäumte wie die anderen aus jener Zeit (wie ich heute urteilen würde), hatte mehr gewusst als sein Autor. Es war, bei aller pubertären Aufgeblasenheit, weitsichtiger, mehrschichtiger, klüger gewesen als er, der siebzehnjährige Naseweis. Es hatte mehr von seinem Autor gewusst als der von sich. Die Realität hatte diesen Text in ein Gedicht verwandelt. Damals war der Siebzehnjährige erschrocken, weil er noch nicht begreifen konnte, über welches geheimnisvolle Instrumentarium er verfügte, das mehr Kräfte und Wissen freisetzte, als er investiert zu haben glaubte. Der Schreck auf dem Schulweg, das süße Entsetzen, ein Dichter zu sein –

Ich gebe zu, ich gefiel mir in solchen von der Musik stimulierten Erinnerungen, ich spiegelte mich gern darin, gerade an exotischen Orten wie diesem Jazz Saloon im tiefsten Manhattan, in der verrufenen Lower East Side, je größer der Kontrast, desto besser. Das Stück, das sie da spielten, hieß *Ghosts*, und wieder ließen sie mit ihrem Spiel die Mauern des Saals verschwinden und New York gleich mit und luden dazu ein, ohne Rücksicht auf Raum und Zeit mir meine eigenen Geisterstunden herbeizuzaubern. Ich sah den Schulweg vor mir, die öde Hagenstraße, und das Haus der vergeblich Umschwärmten, sah mich wieder den banalen Gemeinheiten des Schülerlebens ausgesetzt und auf dem Papier dagegen wehren am

Schreibsekretär neben dem Fenster mit Blick auf die mittleren Berge, auf die anrückenden Regenwolken mit dem Fügen und Schichten von Wörtern und Zeilen, ein hellwacher Tagträumer, der ein Komma erst in den Himmel setzt und dann auf das Blatt –

Nach dem Tod des Vaters hatte ich sofort seine Schreibmaschine erobert und den Triumph ausgekostet, eine ganz andere Buchstabenmelodie darauf zu spielen als er und auf ihren Tasten mein Glück zu suchen. Die Posaune wurde weggelegt, ich hatte das passende Instrument gefunden. Mit dem Geräusch des Hackens und Hauens und Tippens jedes einzelnen Buchstabens signalisierte ich der Familie: Jetzt schreibe ich, jetzt führe ich das Wort, jetzt bin ich der Stärkste. Mir selber musste ich nichts beweisen, die Wanderer-Maschine wurde das liebste Spielzeug. Ein, zwei Stunden täglich für den Rausch des Anfängers, der Wörter aus unbekannten Tiefen des Gehirns hervorholt und etwas hinformuliert, was nicht vorformuliert ist, aus Texten von richtigen Dichtern Anregungen angelt und etwas anderes, Eigenes, Verrücktes daraus improvisiert, was gestern noch nicht dagewesen ist –

Das Schlagzeug mit den Typenhebeln erleichterte die lyrischen Expeditionen, wie ich sie nannte, die Versuche, mich aus dem Käfig des Stotterers und Stummen zu befreien, mit Ironie und Verdrehung gegen die Sprachen der Autoritäten und Wahrheitsverkünder zu wehren, mich in der neu entdeckten Sprache zu verstecken und mein Ich mit anderen Ichs zu maskieren. So erwachte ein wenig Selbstbewusstsein, so produzierte ich meinen inneren Aufschwung selbst. Mit den auch mir nicht immer verständlichen Gedichten grenzte ich mich ab gegen Vaterdiktate, Muttergebote, Großvaterbefehle, Lehrernormen, entfloh der Strenge der lateinischen Grammatik, dem Irrwitz der mathematischen Formeln, der Deutungshoheit der Religion und sagte den andern: Denkt bloß nicht, dass ihr mich versteht – ich will euch ein Rätsel sein – jeder ist dem andern ein Rätsel – wer ich bin, weiß ich selbst nicht – wer ich bin, bestimme ich allein, nicht ihr –

Ähnlich wird es den Musikern da vorne mit ihren schrägen Tönen auch ergangen sein, beim Üben und Immerwiederüben plötzlich den Dreh findend, den Kick, und glücklich bei sich selbst landend, und dann mit neuen Kräften hinein in das nächste Experiment. Alles wurde leichter, nachdem die gesundheitsfördernde Droge, die Heilkraft des Schattens und Schöpfens entdeckt war. Auch ich spielte ja nur und spielte weiter und weiter, erkannte die Vorteile der Flucht nach innen, staunend, welche Wörter aus dem eigenen Inneren kamen, welche kleinen Absurditäten, welche Gedanken außerhalb der üblichen Logik und des nüchternen Schulverstandes –

Mein Instrument wollte mehr von mir, nicht nur die lyrischen Melodien spielen, bald wuchs die Angriffslust auf Fertigbegriffe, Phrasen, Schlichtmeinungen und das, was ich in altersüblicher Arroganz für Dummheiten hielt, und das beste Feld dafür war die Schülerzeitung. Lange genug hatte ich mich meiner Stimmlosigkeit geschämt, meiner geschriebenen Sprache wollte ich mich nicht schämen. Im Laufe der Jahre bis zum Abitur liefen neben den Gedichten mehr und mehr Artikel, Glossen, Aufsätze, Reime für Schulfeste über die Walze der Schreibmaschine und dazu Briefe an Freunde und Redaktionen, lange Liebesbriefe sowie Artikel für die Lokalzeitung zum Geldverdienen. Es war mir egal, ob meine Schlauheiten angelesen, meine Urteile Vorurteile waren, ob der Aphorismus des Achtzehnjährigen wie *Die Krise muss als Chance aufgefasst werden* (schon damals, lange vor den Ratgebern) irgendwo aufgeschnappt war oder nicht. Es war eine Schande zu stottern, aber es war keine Schande zu dichten. Mit dem, was ich schrieb, wollte ich gefallen oder wenigstens auffallen, die Lehrer und die Hermann Hesse liebenden Mädchen ärgern. Beim Reden suchten oft zu viele Gefühle gleichzeitig nach Sprache, blockierten sich und lähmten das Mundwerk, beim Schreiben setzte man einfach eine Zeile unter die andere. Mit jedem neuen Text spürte ich die Erleichterung, endlich ein Mittel gefunden zu haben, in den Wortbergen der Kindheit, die mich fast erstickt und verschüttet hätten, meine eigenen Gold- und sonstigen Minen zu finden und dort zu graben und dem, was mich zum Schweigen gebracht hatte, eigene Worte entgegenzusetzen –

So erlangte ich endlich etwas Respekt vor mir, immer wieder verblüfft, dass die Quelle, aus der ich schöpfte, ich selber war. Nach Jahren der Quälerei mit den unüberwindlichen Konsonanten, des ewigen Selbstzweifels und Versagens endlich mit siebzehn, mit achtzehn, mit neunzehn der stille Jubel der Erleichterung, dass da Wörter aus dem Kopf sprangen, flossen, schwebten, stolzierten, die nicht völlig unnütz waren. Nach außen Schweiger, nach innen Dichter, in dieser Rolle ließen sich sogar Mathematikstunden und schlechte Schulnoten überstehen. Mit dem Kugelschreiber in der Hand und mit der Wanderer-Schreibmaschine auf dem Tisch spielte der Stumme mit den Redensarten der Schwätzer, spielte der Sprachlose den Poeten, der Schüchterne den verbalen Draufgänger und wurde zum Liebhaber sogar –

Die Musiker drehten auf, und ich war ganz bei mir und dem Achtzehnjährigen, dessen Hoffnung, ein Mädchen zu treffen, das Gedichte in der Schülerzeitung liebt und deshalb vielleicht deren Verfasser lieben könnte, in der Kleinstadt enttäuscht wurde. Der nicht aufgibt und so kühn wird, auf dem Umweg über die Hamburger Radiosendung für Jungautoren eine dichtende Schülerin aus dem Ruhrgebiet per Brief anzusprechen, und fast postwendend ihr Herz gewinnt. Der Traum wird wahr und nach und nach erfüllt, zwei Einsamkeiten treffen tröstlich aufeinander, sie wird sein Resonanzboden, er der ihre, die Gedichtliebe zur Briefliebe. Das Foto eines bestürzend schönen Mädchens auf dem Schreibtisch beschleunigt die Poesie und das Briefschreiben und den Glauben an das Ideal, jedes Gedicht sei nur die eine Hälfte, der Anfang eines Dialogs. Er, der immer der Stumme und Stille war, hält sich nun für einen Meister des Gesprächs, weil die so weit entfernt wohnende Geliebte seine Texte versteht und kritisiert wie niemand sonst und er das bei den ihren versucht. Die Entfernung von drei Stunden auf umständlichen Eisenbahnwegen über Brilon-Wald und Hagen muss erst einmal ausgehalten werden, nach drei Monaten unermüdlichen Schreibens endlich belohnen sie sich mit schwindelerregenden Küssen auf einer Parkbank in Mülheim/Ruhr –

Die Musiker drehten noch mehr auf, und ich war ganz bei mir, im sekundenkurzen Staunen darüber, dass mein Leben so richtig erst mit dem Schreiben unbeholfener Verse angefangen hatte. Ein paar kleine Wortspielereien, die Gedichtzeilen sein wollten, hatten mir drei heftige, glückliche Liebesjahre beschert, bis für die studentischen Königskinder das Wasser viel zu tief wurde zwischen Berlin und Bonn. Die Gedichte hatten mich fast im Handumdrehen zu einem Verleger und in die Gruppe der berühmten Schriftsteller und bis nach Princeton und in diesen Saloon katapultiert. Was ich irgendwann einmal so dahingeschrieben hatte, war zur Eintrittskarte für New York geworden, zur Freifahrt in den Luxus, eine Woche lang mit geschenkten Dollars der Ford Foundation durch die Stadt streifen zu dürfen, von der Blue Bar des Hotels

Algonquin bis zu den Dinosauriern und zu Picasso im Museum, in die Säle der Stock Exchange an der Wall Street und in dieses Free-Jazz-Konzert, alles dank der kleinen Wortspielereien, alles dank weniger Zeilen –

Und hier erst, unter dem Quaken des Saxophons und dem Störfeuer des Trompeters, befiel mich zum ersten Mal die Ahnung einer höheren Komik, dass dieses naive Schreiben vielleicht stimuliert war vom vergessenen Fluch eines unvergessenen Kissenwerfers, dessen Fluch wiederum von einem nordhessischen Trompeter ausgelöst war, dessen Spiel wiederum ... und so weiter. Diese nur leise geahnten Zusammenhänge versetzten mich in eine ruhige Heiterkeit, während die Musik unruhiger und lauter wurde –

Die hektischen Takte, die schrägen, schrillen Töne wirkten wie kleine gezielte Stromstöße, die Filmfetzen und Erinnerungssplitter freisetzten, gerade noch erträgliche, anregende Stromstöße, die das Bild vom elektrischen Stuhl aufriefen. Ich sah die Gesichter der aufmerksamen Jazzfreunde ringsum, was mochte ihnen durch den Kopf gehen, ich konnte nur meine Gedanken lesen, und die hakten sich fest am elektrischen Stuhl, wir saßen im Land der elektrischen Stühle. Dies Stück, das sie da vorne spielten mit Lärm und elektrischem Feuer, könnte *How To Survive The Electrical Chair* heißen, dachte ich, ein besserer Titel als *Ghosts*, von Geistern erwartete ich nichts. Aber die Einbildungskraft war mit dem neuen Titel nicht zufrieden, das war zu ironisch für diese rebellische Musik, das war zu flott, die Phantasie flutschte weiter, ritt mit den Stromstößen voran, sprang vom elektrischen Stuhl zu einem offenen Feuer –

Die Musik, so schien es mir jetzt, kam aus dem Feuer oder war wie ein Feuer, ein Flammenwerfer, mehrere Flammenwerfer, aus jedem Instrument züngelten die Flammen, da brannte es, vielleicht ein Scheiterhaufen. Irgendwo in der Musik oder in der Literatur oder in der Bibel gab es einen Gesang der Jünglinge im Feuerofen, was für Jünglinge standen da im Feuer, diese ganze Musik des freien Jazz war ein Feuer, die fünf Musiker standen wie im Feuer und wehrten sich gegen Feuer und fachten damit das Feuer an, Feuerwehrautos hörte ich hupen, jaulen und rasen. Das helle, schnelle Saxophon flackerte, loderte auf, vom Schlagzeug angefacht, vom silbrigen, elektrischen Strahl der Geige ein wenig gelöscht und zurückgedrängt, eh die Blechinstrumente wieder mit neuem Meckern und Klagen sich mitten ins Feuer stellten –

Feuer, Flammen, Ofen, Blende auf: Hockend sah ich mich vor der offenen Ofenklappe, meine brennenden Papiere in den Flammen, die Gedichte im Berliner Kachelofen, gerade fünf Monate war das her. Ich hatte sie hineingestopft, angezündet, verbrannt, all die frühen Versuche, die Jünglingsgedichte, die schwachen Texte, die meiner Prüfung und der strengeren Prüfung des Verlegers nicht standgehalten hatten, die nicht auserwählt waren, in den eben veröffentlichten Gedichtband aufgenommen, beim mutigsten der jungen Verlage gedruckt, fadengeheftet, in edle schwarze Pappe gebunden, verkauft und in Regale gestellt zu werden –

Das mit so viel Seelenpein, Schöpferglück, Heimlichkeitslust und Wortstolz Geschriebene zu verbrennen, war kein spontaner Entschluss gewesen, ich hatte einige Wochen gebraucht, bis ich an einem Abend im Dezember zu dieser Radikalität fähig, zur Tat so fest entschlossen war, dass ich die Brikettglut im Kachelofen der Einzimmerwohnung mit dem Schürhaken traktierte und belebte, um die Papiere schnell zum Brennen zu bringen. Ich freute mich an den Flammen, am Gelbrot des Feuers, das Papier brannte und leuchtete, als sei das Brennen seine eigentliche Bestimmung, egal ob mit Gedichten bekritzelt oder nicht, mit rotem und schwarzem Kugelschreiber die ersten, mit Tintenschrift die anderen und die meisten mit Schreibmaschine getippt –

Der Kachelofen nahm jedes Papier, zog gut, schluckte alles, das Papier blühte noch einmal in den Flammen auf, bevor es von der Hitze weggefressen wurde, nur etwa dreißig Gedichte, die in Zeitungen oder Zeitschriften bereits gedruckt und in ein ledernes Schmuckheft eingeklebt waren, blieben verschont, darunter die *Letzte Meldung* über die ertrunkenen amerikanischen Soldaten. Alles andere aber, auch das Todgedicht, das mich an den Kissenwerfer erinnerte, sollte verbrannt und vergessen sein. Nie wieder ein Blick auf das lyrische Gewürge der ersten Anfänge, das Suchen und Schweifen der schäumenden und brodelnden Zeilen, mit denen ich mich aus dem Sumpf der Sprachlosigkeit und des Stotterns gezogen hatte wie der Baron Münchhausen am eigenen Schopf. Weg damit, keine Kompromisse, ein Schnitt, niemand sollte mehr meine Schwächen sehen, ich wollte mir selbst beweisen, dass nun mit dem ersten Buch die Zeit des Dilettanten vorbei sei –

Das flammenwerfende Saxophon räumte auf in meinem Kopf, es rückte wieder alles zurecht, zeigte den Kachelofen des Berliner Hinterhofzimmers und zeigte das erquickende Feuer, das leuchtende Ereignis, das Bekenntnis zu Eindeutigkeit und Unwiderruflichkeit. Das Saxophon holte das Wonnegefühl der freiwilligen Poesieverbrennung zurück, der Befreiung von lauter Peinlichkeiten, der Reinigung, der Läuterung oder was immer diese einsame Aktion bedeuten mochte, die wahrscheinlich auch andere Autoren schon überstanden hatten: Ich war gewiss nicht der Erste, der sein missratenes Zeug verbrennen und vergessen wollte –

Das kehlige, zupackende Saxophon ließ nicht locker, ich sah mich neben dem warmen Kachelofen stehen, von der frühen, ungelenken Poeterei verabschieden und vom Pathos des Feuers ermutigt zu verbotenen Gedanken: Es hätte mir gefallen, auch die anderen

Peinlichkeiten der jugendlichen Jahre zu vergessen und dem Feuer diese Arbeit zu überlassen. Die Vergangenheit gehört ins Feuer, das wäre übertrieben, aber ich meinte, freier leben zu können, wenn ich möglichst viel davon vergäße, die Torturen der Schule, als die unaufhörlich auf mich einströmenden Vokabeln, Formeln, Flüsse Amerikas, Blütenformen, Fruchtknoten, Sulfite und Sulfate und Punischen Kriege nicht in meinen kleinen Dorfkopf passten und ich meine Dummheit hinter Stummheit versteckte, wenn ich die kindliche Sehnsucht vergäße, ein neuer Werner Liebrich zu werden oder ein so guter Mann wie Albert Schweitzer, die Schrunden der Pubertät, alles Misslungene und Quälende, alle unverstandene Trauer bis zu den bohrenden Sisyphos-Fragen von Albert Camus, all das wenn nicht ins Feuer, dann ad acta oder in den Orkus. Und was sollten noch die Dorfvergangenheit, die Kleinstadtphase, die Choräle und Katechismen, und was eigentlich die Familie, was war schon die Herkunft gegen die Zukunft –

Mit seinen jagenden Lauten rührte das Saxophon den Wunsch vom Dezemberabend wieder auf, die Vergangenheit gehöre vergessen, mitsamt den Vatersprüchen und Pfarrersprüchen, den vergeblich nachgesprochenen Gebeten, den Hausaufgaben und den Noten und dem jahrelangen Druck des Glauben-Sollens. Ich wollte nur an die Liebe glauben und die Hoffnung und hütete wie zum Beweis, dass es die Liebe wirklich gab und mich finden konnte, die Liebesbriefe der ersten, nun in Bonn neu verliebten Geliebten. Vergangenheit geschlossen, Zukunft offen, so werde ich beim Abschied von den schlechten Versen gedacht haben und einige Monate später noch einmal vor den Flammenwerfern des freien Jazz. Zukunft mit dem schönen schwarzen Gedichtband und dem Wohlwollen eines tatkräftigen, lachenden Verlegers, Zukunft mit dem Studium und dem Wohlwollen eines vielseitigen, lachenden Professors, alles zielte in die Richtung einer Freiheit, die weit entfernt war von den Erwartungen der Mutter, der Großeltern, der Onkel und Tanten –

Vielleicht hätte es mich nicht gestört, auch den Status als Sohn loszuwerden, als Enkel, als Neffe und so weiter, wenn ich die Möglichkeit dazu gehabt hätte. In diesen Rollen musste man immer alles richtig machen und wurde trotzdem nie das Gefühl los, alles falsch zu machen in den Augen der trauernden Witwenmutter und der weiteren Verwandtschaft. Dabei waren es doch die Väter, die so gut wie alles falsch gemacht hatten, und wir waren gezwungen und hatten das Glück, neue Wege zu gehen. Ich wusste zwar nicht, was mein Vater, zu früh gestorben für solche Debatten, falsch gemacht hatte, aber warum sollte ich, kaum war ein Schritt ins Neuland fällig, immer alles richtig machen und Vorbild sein, wie es mir eingetrichtert worden war? Darum hätte ich einiges dafür gegeben, den Sohn in mir zu vergessen und mit den braven, unreifen Gedichten auch den braven, unreifen Jungen zu verabschieden, um etwas ganz anderes, um endlich autonom zu werden –

In Slugs' Saloon fühlte ich mich wie nach der Gedichteverbrennung frei von der Wortmacht des Vaters und dem Trauerschweigen der Mutter, als wäre alle frühere Strenge und auch meine eigene Strenge im Feuer verflogen. Gern hätte ich mir die Einbildung geleistet, die ganze Vergangenheit abschütteln zu können, ja keine mehr zu haben, und den Irrtum, keine zu brauchen. Es reichte doch, auf die Zukunft zu setzen, auf die fixe, die wacklige Idee von Liebe und auf die Bücher als Erziehungsberechtigte und, wie der erstaunliche Goethe geschrieben hatte, auf das *Evangelium des Schönen*, der Poesie und der Literatur –

Make most of the moment, das war eine gute amerikanische Parole, die ich irgendwo an einer Werbewand entdeckt hatte, auffällig nah am *Augenblick, verweile doch, du bist* ..., nur aktiver. Ja, ich kostete, ich schöpfte die Augenblicke aus, die schöne und absurde Situation, in New Yorks Lower East Side einen heißen Kachelofen in Berlins Bamberger Straße und einen alten Vater auf einem nordhessischen Friedhof zu beschwören. Die von Ayler in Schwung gebrachten und gesteuerten Erinnerungsfetzen waren nicht zu stoppen, die Geister dieser Musik lenkten mich wieder in anderes Gelände, ließen mich höher und weiter fliegen, brachten immer neue Unordnungen ins unordentliche Gedächtnis –

So wie ich nicht loskam von meinen Geistern, kamen Ayler und seine Leute nicht los von ihren *Ghosts*, ihren Feuergeistern, das Finale wurde immer wieder hinausgezögert vom bollernden Schlagzeug und verlangsamt von der zirpenden Violine. Die Grenzen, alle Spieler suchten die Grenzen, das Stück war eine einzige Rebellion gegen Grenzen, und mir zuckten neue Ermunterungen, neue Imperative durchs Hirn: Hab keine Angst vor den Grenzen, geh nah ran an die Grenzen, verschiebe sie, wie weit wie tief wie hoch können die Tonfolgen getrieben werden, such deine Grenzen –

Die Klangräume wurden noch weiter aufgestoßen, die fünf Musiker mit ihren peitschenden Instrumenten drängten wieder und wieder an die tonalen Barrieren und übersprangen sie, der Jazz als eine eigene Galaxie, die sich immer weiter ausdehnte. In diese wachsenden Klangräume passte alles hinein, das Vergangene und das Künftige, hier war jeder Gedanke, jede Erinnerung willkommen, hier passte alles, die rauen Geräusche, die rauen Widersprüche, es gab keine Harmonien in der Welt, es gab nur Gegensätze –

Aylers Geisterstück und Flammenstück lief auf das Ende zu, die Soli wurden kürzer, der Zwischenbeifall knapper, während ich mich fragte, ob ich dem Vater immer noch grollte, ob ich ihm im Geheimen vorwarf, in mein Leben getreten zu sein wie ein Geist, ein guter, ein viel zu guter Geist, als ich vier oder fast fünf Jahre alt war. Sein triumphaler Auftritt als der riesige Mann, der vom Männergesangverein begrüßte Kriegsheimkehrer, der allseits gefeierte Gefangenschaftsheld, der mit lächelndem Brillenblick auf mich herabsah und am Tisch das Wort führte und plötzlich überall im Haus, auf dem Hof, in der Kirche, im Garten, auf dem Dorfplatz präsent war und sich zwischen mich und die Mutter drängte, der Anzug-Mann, von allen erwartet und ersehnt, nur nicht von mir, dem er huldvoll und verlegen über den Kopf strich, als sei er meiner Gegenwart ähnlich unsicher wie ich der seinen. Daneben die leuchtenden Augen der Mutter, die nun mehr auf ihn als auf meinen Bruder und mich gerichtet waren, länger als sieben Jahre hatte sie warten müssen seit der Verlobung, um mit ihm an einem Tisch zu sitzen ohne Angst vor einem neuen Marschbefehl –

Irgendwo in den dunklen, vom Beben des Free Jazz entflammten Gedankentiefen fragte ich mich vielleicht zum ersten Mal, ob ich dem alles beherrschenden Heimkehrer-Mann immer noch anlastete, dass er mir diese klassische Kränkung zugefügt und damit die Kinderseele eingeschüchtert, die Zunge gelähmt, den Weg zu den Wörtern erschwert und den Stotterzwang vor Verschlusslauten eingepflanzt hatte. Ob ich ihm grollte, dass er, mit bestem väterlichen Willen, aus dem verspielten, träumenden Kind einen tüchtigen Lateiner, aus dem stillen Knaben einen Mustersohn, aus dem verschüchterten Konfirmanden einen standfesten Christen machen wollte –

Sicher war ich nur der einen Enttäuschung, dass der Vater nach den guten Jahren auf dem Dorf, als es Zeit wurde, die Stelle zu wechseln, seine Familie nicht in einen respektablen Ort wie Marburg oder Kassel geholt, sondern sich in die kalte, windige Kleinstadt Korbach im einstigen Fürstentum Waldeck, in den letzten hessischen Winkel gleich neben dem Sauerland hatte versetzen lassen. Und der nächsten Enttäuschung, dass ich nach nur anderthalb Jahren aus Geldgründen die Melanchthonschule, das Internat der Jazzer, Sportler und schönen Mädchen, schon wieder verlassen, mich trotz meines Widerstandes geschlagen geben und in die Enge der Familie wieder einfinden musste. So kam ich mir in der neuen Stadt mit gotischen Hallenkirchen, mittelalterlichen Mauern, Türmen und Brunnen wie heimatvertrieben vor, trotz Aschenbahn und Eisdiele, Theaterbühne und Kino, *Brücke am Kwai* und *Kinder des Olymp*, trotz Buchhandlung, Tanzschule und neuer Freunde. Heimatvertrieben wie Sudeten und Schlesier, für die war ein selbstverschuldeter Krieg verlorengegangen, für mich aber ein Ort, an dem ich mich freier gefühlt hatte als zuvor und danach –

Vertrieben auf eine windige Hochebene in ein Hansestädtchen, das einst der Schnittpunkt der Handelswege zwischen Frankfurt und Bremen, Leipzig und Köln gewesen war, aber nun weit und breit keinen Handelsweg, keine Autobahn und keinen Schnellzug zu bieten hatte. Jetzt war der Ort allenfalls ein Treffpunkt alter Nazimänner, wie wir nach und nach merkten. Mitten in der Altstadt stand ein Pranger, und alle liefen an ihm vorbei, der Amtsarzt des Kreises, der ein hohes Tier im SS-Amt für Rassenhygiene gewesen war, und der Drogist, der Eichmanns Stellvertreter gewesen war, und der Zeitungsverleger, der im Archiv alle seine Artikel von 1933 bis 1945 herausgeschnitten hatte, alle liefen am Pranger vorbei, und der blieb leer. Der eine Herr war bei meiner Bundeswehr-Musterung dabei und veröffentlichte Gedichte, der andere hatte mir Rasierwasser verkauft, das Blatt des dritten mussten alle lesen. Ich hatte nicht den Eindruck, dass mein Vater sich mit diesen Herren gemeinmachte, ich wusste noch nicht, dass er selber den Mut zur Bekennenden Kirche gehabt hatte, aber ich grollte ihm all die Jahre hindurch, dass er mich, der flügge werden wollte, wieder ins Nest der Familie und dann noch in dieses Nest in der nördlichen Einöde gezwungen hatte, das auch der Roland am Rathaus mit seinem gleichgültigen Blick nicht beschirmte –

Make most of the moment, ich kannte diesen Spruch damals nicht und befolgte ihn dennoch, ich schrieb mich weg aus der ungeliebten Stadt, suchte den Trost der Worte und grenzte mich ab gegen alle und erst recht gegen die verdächtigen alten Männer. Nachdem der Kissenwerfer mich in der Nacht meines ersten Erwachsenen-Geburtstages nicht hatte zu Wort kommen, nicht hatte ausreden lassen, redete ich aus, obwohl mein Mund meistens stumm blieb, auf dem Papier brachte ich meine Sätze zu Ende, da setzte ich die Punkte und Gedankenstriche, niemand sonst. *Mein Gedicht ist mein Messer*, hatten deutsche Dichter in einem Sammelband erklärt, mir reichte die Schreibmaschine als Waffe, mit der ich das schwache, schwankende Ich zu verteidigen und stabilisieren versuchte. Je mehr Selbstbewusstsein auf dem Papier, desto mehr wagte ich Sticheleien und kleine polemische Ausfälle und Angriffe, nicht gegen den Vater oder die Eltern oder den Großvateroffizier, aber gegen Lehrer, gegen Machthaber, Sprücheklopfer und Autoritäten –

Die Instrumente drehten wieder auf, schüttelten alles ab, teilten noch ein paar Schläge aus und fanden sich zu demonstrativer Einstimmigkeit und schräger Harmonie zusammen, als wollten sie sich selbst und alle ihre Wehklagen parodieren. Es war doch alles ein Spiel, ein Spaß, das gefiel mir besonders, denn auf mich wartete auch ein Spaß auf dem Berliner Schreibtisch, ein neuer Spaß der Polemik und der Angriffslust auf die lachhaften Reden deutscher Unternehmer, in zwei, drei Tagen sollte das Vergnügen weitergehen. Aylers Geisterstück ging jetzt nicht mehr weiter, eine halbe Stunde, so schien es mir, hatten die Spieler gebraucht, bis sie die Schlussakkorde erreicht hatten. Peter, der Rundfunkredakteur, sah auf die Uhr und meinte, nachdem wir heftig geklatscht hatten, vierundzwanzig Minuten hätte das Stück gedauert, *Ghosts* hätte Längen, sei irgendwie zu lang geraten –

Schnell waren die Musiker beim nächsten Stück, *Initiation* rief jemand in den Saal, was ich nicht verstand und darum Christoph fragen musste, sie legten los und ließen gleich der Geige den Vortritt, zirpendes, zartes Balancieren, ein Tanzen, und mit dem Tanzrhythmus der Geige schnellten die Gedanken wieder zurück in den Heimatort, der keiner war, zurück in die Tanzstunde. Von der Tanzstunde der Zeitraffer zu Adolf Eichmann, zu seinem Stellvertreter Hermann Krumey, zu dessen Tochter, mit der ich Foxtrott oder Rumba oder welche Takte auch immer geübt hatte, als in unserm Städtchen noch niemand wusste, dass ihr Vater, der beliebte Drogist, Sportvereinsmensch und Kreistagsabgeordnete des Bundes der Heimatvertriebenen und Entrechteten der Stellvertreter Eichmanns in Budapest gewesen war –

Eine von den fünfzehn oder zwanzig Mädchen, mit denen ich das Tanzen übte, in der Musik die Takte herauszuhören und in vorgeschriebene, passende Schritte zu übersetzen versuchte. Diese unauffällige Tanzschülerin war nicht viel besser oder schlechter als die anderen, sie fiel nicht auf, und ich fiel nicht auf, meine Stärke war allein der Rock 'n' Roll, der in der Tanzschule Müller nicht geduldet war. Lange nach dem Abschlussball, mehr als ein Jahr später, hatte der Eichmann-Prozess weit weg in der Zeitung stattgefunden, und es dauerte noch länger, bis die in Jerusalem genannten Namen der Mittäter am Mord von hunderttausenden Menschen aus Ungarn bis in die waldeckischen Lokalzeitungen vordrangen mit nebulösen Anschuldigungen, die sogleich von der Drogistenfamilie, von den Kunden, von Sportlern, Heimatvertriebenen und Politikern empört zurückgewiesen und mit der Behauptung von Gehorsam, Pflicht und Treue bestritten wurden –

Auch ich hatte das erst nicht glauben wollen, wie konnte ein freundlicher Schlipsträger, ein Rasierwasserverkäufer ein Massenmörder sein, auch ich wollte mir nicht vorstellen, dass ein Drogist und ein hoher SS-Mann, Mitorganisator des Judenmords, eine Person sein sollten, wobei ich wie alle damals bei solchen Mördern das Wort Mörder ängstlich mied. In der Schule hatten wir von den KZs und den Millionen vergaster Juden gehört und einschlägige Filme gesehen, auch mein Jugendfreund Peter, dessen Vater von den Nazis gehenkt wurde, hatte mich aufgeklärt. Man wusste, dass zu viele der Täter frei herumliefen, die Verachtung für solche Leute war da, aber noch ganz abstrakt. Es war schwer zu fassen, dass einer von denen unser Sportvereinskassenwart sein sollte, der am zentralen Platz der Stadt gutgelaunt hinter dem Ladentisch stand, die Männer diskret mit Präservativen versorgte und im Kreistag die Flüchtlinge vertrat. Ich fühlte keinen Hass, keine Abscheu, als ich von seinen noch im Nebulösen bleibenden Verbrechen erfuhr, die man nicht Verbrechen nannte, ich staunte nur –

So wie ich jetzt staunte, von der hitzigen, bohrenden Musik beschossen, dass mir solche Brocken aus der Vergangenheit in einem fort durch den Kopf flogen. Ach, nur ein Deutscher hat solche unseligen Tanzstundenerinnerungen, dachte ich. Die Amis um mich herum haben es gut, sie haben solche Brocken nicht, sie sind die Sieger, sie können gelassen hinhören und lostanzen, sie können munter drauflosspielen, spielen und tanzen, mit wem sie wollen, sie haben keine Nazis, keine Massenmördertöchter. Kein Mensch in New York hat wie ich beim Korbacher Eichmann Rasierwasser gekauft und mit seiner Tochter auf dem Parkett die Takte gezählt –

Ich hatte genug von solchem Störfeuer im Konzert und wusste, dass ich nichts davon einfach wegwischen konnte, die Formel von der *Banalität des Bösen* bohrte sich in den Kopf bis zu den Fragen, wie viel Seelendreck vom banalen Parfümverkäufer auf die banale Tochter vererbt war, wie viel Schmutz noch an ihren Händen, wie viele Verkrampfungen in unseren banalen Foxtrottschritten. Erst als ich Korbach mit dem Abitur in der Tasche verlassen hatte, als gegen ihren Vater ermittelt, als er angeklagt und berühmt und berüchtigt wurde, hatte ich zu fragen begonnen, welche Taten unsichtbar an ihr klebten, eine sinnlose Frage, und ob einer der schreibenden Freunde, der mit ihr liiert war und mit mir und ein paar andern die Schülerzeitung machte, davon beeinflusst war, eine ebenso sinnlose Frage. Die stigmatisierte Tochter, die ich längst aus den Augen verloren hatte, konnte mir egal sein, Vater Krumey hatte ich ohnehin als verurteilt abgetan, obwohl sein Verfahren immer noch nicht abgeschlossen war, zuerst hatte man ihn zu nur vier Jahren Haft verurteilt, in der Revision würde er mit seinen banalen Ausreden nicht mehr so billig davonkommen, in Israel hätte man ihn ebenso hingerichtet wie Eichmann –

Solche Fragen, die mich seit den schwungvollen Tanztakten der Geige überfielen, gehörten nicht in dieses Konzert, sie störten beim Zuhören, ich versuchte, mich wieder mehr auf das Saxophon, die Trompete und die Geige zu konzentrieren, die Geister wegscheuchend, die mir die Musik verdarben. Weg mit den alten Nazis und ihren Gesichtern, wie ich sie auch auf der Anklagebank in Frankfurt beim Auschwitz-Prozess einen Tag lang beobachtet hatte, bitter und kleinlaut, die sonst so vollmundigen, geröteten Vereins- und Biergesichter aus den Kleinstadtkneipen, nun zu vertrockneten Jammerlappen geworden. Weg, weg, weg damit, jetzt ist der Frühling an der Reihe, du bist in New York, und der Mai ist gekommen, tanz weiter, auf deinen Hirnwellen, mit deinen Hirnwellen weiter, tanz lieber hinein in den Mai –

Der Mai war gekommen, der 1. Mai, der in New York kein arbeitsfreier Tag der Arbeit war, obwohl hier alle so rastlos beschäftigt und zu schuften schienen, zufällig ein Sonntag. Ein Tag der Hochgefühle, erst jetzt realisierte ich das besondere Datum. Der 1. Mai war mir immer der liebste Feiertag, weil früher ein wirklicher Feiertag ohne Kirchgang, falls er nicht auf einen Sonntag fiel, meistens mit schönstem Wetter und Ausflügen ins frische Grün, wandernd und singend in die Wälder oder hinaus mit dem Rad ins Freie, selbst der Vater war dann ein anderer Vater. Nachdem er vom Motorrad auf einen VW Käfer umgestiegen war, lud er an solchen Feiertagen gern sein Auto voll mit Kindern, jeder, der noch reinpasste, durfte mit, und kutschierte mit zehn, zwölf jauchzenden Mädchen und Jungen übern Berg ins nächste Dorf, spendierte drei Bluna oder Sinalco für alle und fuhr zurück, während wir *Der Mai ist gekommen* und *Da bleibe, wer Lust hat, mit Sorgen zu Haus* grölten, auch das konnte der Kissenwerfer –

Von der Aussicht auf den Mai und von der Geige beschwingt, tanzten die Gedanken endlich weg von Krumey und Eichmann, weg von diesen Figuren zu Hannah Arendt, von der ich nichts kannte außer der berühmten Formel von der *Banalität des Bösen*, und von Arendt weiter zu ihrer Freundin Koehler, zu der herzlichen, temperamentvollen, neugierigen Mecklenburgerin, weg vom Vergangenheitsdreck in die Zukunft, hin zum Erfreulichen, zum amerikanischen Frühling. Die schmeichelnde, zirpende Geige trug mich weiter in das Wohnzimmer in der 84. Straße, trug mich hin zu den schmeichelnden, zirpenden Sätzen, die Frau Koehler mir mitgegeben hatte und die ich eigentlich vergessen wollte, vergessen das ganze verstörende Horoskop, das sie für mich gefertigt hatte. Vor Wochen hatte ich ihr auf Drängen meiner Tante, ihrer Jugendfreundin, meinen Besuch angekündigt, sie hatte zugesagt und wie nebenbei nach Minute und Stunde meiner Geburt gefragt, die ich erst von meiner Mutter erfragen musste –

Horoskope, ein halbernstes Hobby, wie sie betont hatte, als ich auf ihrem Sofa saß, für Freunde und Verwandte mache sie das gern, und ich sei ja gewissermaßen ein Verwandter, meine Tante sei ihre älteste Freundin, mein Großvater habe ihr in der Nazizeit mal geholfen, ganz privat deute sie hin und wieder die Sterne, das sei eine rationale, spielerische Sache, die man nur nicht zu ernst nehmen dürfe. Ihre Deutung für mich war in klare Sätze gefasst: *So viel Phantasie und Einfallsreichtum, so viel ästhetisches Gefühl und dazu ein klarer Verstand* – das hatte sie mir zugeschrieben mit der fragwürdigen Autorität der Sterne. Peinlich positiv war mir das, reine Schmeichelei, das konnte nicht stimmen, das wusste ich besser, keine der vier Eigenschaften hätte ich mir zugesprochen, genau an diesen Fähigkeiten fehlte es mir am meisten. Andererseits war sie keine Wahrsagerin vom Rummelplatz, sondern die Freundin vieler Emigranten, Vertraute der Arendt und humorstarke Professorin (die, wie ich später hörte, Uwe Johnson mit vielen mecklenburgischen Geschichten für die *Jahrestage* versorgte), trotzdem war ihr Befund nicht zu ertragen für einen dreiundzwanzigjährigen, durch und durch skeptischen Kerl –

In dem Horoskop stand sogar noch mehr, da stand die fürchterlich zuversichtliche Behauptung: *Und ich bin sicher, daß sich alle diese Gaben werden entfalten können, denn Glück, das heißt die unbewußt richtige Einstellung, die Glückszustände ermöglicht, ist auch noch da (nämlich Jupiter im Trigon zur Venus!).* Wie konnte man da sicher sein, das schien mir unendlich vermessen, da sträubte sich alles Protestantische in mir. Diese Sätze hatte ich nun auf dem Buckel, die zur Amerikanerin gewordene Mecklenburgerin hatte mir in New York ausgerechnet Jupiter und Venus aufgeladen. Jupiter! Venus! Das verschlug mir die Sprache, das blockierte das Denken, damit konnte ich nicht umgehen, darauf wollte ich mich nicht einlassen, die Wahrsagerei vom kommenden Glück war mir unheimlich –

Zumal ich mein aktuelles Glück gar nicht als Glück verbuchte, einen passenden Verleger und einen passenden Professor und das Privileg zu haben, studieren und schreiben zu können, was ich wollte, und gleich nach dem ersten das zweite Buch zu liefern. Auch nicht das Glück, nach Lust und Laune zweifeln zu dürfen und nicht glauben und predigen zu müssen wie der Mann, der mich in die Welt gesetzt hatte. Noch weniger dachte ich an das Glück, nicht als Waise aufgewachsen zu sein, nicht in einen NS-Studentenbund, in eine Wehrmachtsuniform, zur Eroberung Frankreichs und Russlands in ein Sanitätsauto und in Tunis in eine Schreibstube gezwungen zu sein und mit entzündetem Bein von einem Lazarett ins andere und zur Gefangenschaft zweieinhalb Jahre in Frankreich wie der spätere Kissenwerfer –

Das einzige Glück, das ich in diesen amerikanischen Tagen und unter dem Klang des frechen Saxophons fühlte, war das Glück, beim Treffen der Schriftsteller verschont geblieben, der großen Blamage entkommen zu sein. Aber das wahre Glück fehlte, die Berliner Liebesgeschichten wollten nicht gelingen, und deshalb war es mir verdächtig, das Tabuwort Glück. Wie zum Hohn stand da das Wort Venus, jeder Gedanke jagt da vom Planeten, vom Stern zur Liebesgöttin, und Trigon, was hieß denn Trigon – dabei hätte es erst mal gar kein Venusweib, keine intelligente Venus wie Frau Susan Sontag sein müssen, die ich in diesen Tagen mehrmals mit verliebten Augen angestaunt hatte. Eine Franziska, die nicht mehr auswich, hätte mir schon genügt oder eine Ellen, die nicht mehr an ihrem älteren Geliebten hing –

Nein, ich hielt nichts von Horoskopen und der Beschwörung von Jupiter und Venus, die einen nur auf dumme Gedanken brachten, und fühlte mich doch geschmeichelt und auf komische Weise ernst genommen. Trotzdem sollten die Sätze, das war jetzt beschlossen, versenkt werden in den Höhen und Tiefen der Musik, und sie wurden versenkt, ich musste das alles fortschieben, das handschriftliche Briefblatt, das im Hotelzimmer im Koffer lag, vergessen, gründlich vergessen (und in Berlin versteckte ich es in einem Karton mit Briefen und vergaß es für mehr als dreißig Jahre) –

Das Saxophon trat sehr zurückgenommen mit leisen kurzen Stimmstößen zum Duett mit der Violine an, entfaltete nach kleinen Melodiehopsern allmählich die Macht seiner Schönheit, Frechheit und Trauer, während ich mir das Gefühl leistete, keinen Initiationsritus mehr zu brauchen und an diesem langen, verstörenden Abend bereits einen größeren Sprung getan zu haben wohin auch immer, eine Initiation erfahren zu haben in was auch immer. Irgendein Knoten hatte sich gelöst oder gelockert, vom Kissenwurf des Vaters hatte ich mich erholt, das wollte ich mir von jetzt an wenigstens einbilden, obwohl ich ihn als Gewissenmacher immer noch spürte, tot und lebendig –

Aber ich sah ihn in neuer Rolle, unter dem Ansturm des Saxophons und der Trompete versuchte ich zu erwägen, was die zweieinhalb Jahre hinter französischem Stacheldraht bei karger Kost im Dienst als geistlicher Mutmacher seiner Kameraden für den jungen, fünfunddreißigjährigen Mann bedeutet hatten, als Soldat, der das Glück gehabt hatte, nicht zur Leiche zu werden wie so viele. Ich hörte ihn im VW mit zehn oder zwölf Kinderstimmen *Der Mai ist gekommen, die*

Bäume schlagen aus schmettern und wünschte, ihn öfter als solchen lebenslustigen Menschen zu sehen und weniger in seinen amtlichen Funktionen –

Als Briefmarkensammler, als Autofahrer, als am Boden hockenden Eisenbahnspieler beispielsweise, und trotz der wilden Musik gelang es, in wenigen Blitzsekunden einige seiner Rollen anzuspielen, etwa als Wanderliedsänger, Dorfchronist mit der Kamera, Blumenfreund, Italienschwärmer, Tischtennisspieler, Romkenner, Sexualaufklärer, Dialektwitzbold, Familienforscher, Spendierhosenvater, Heimatforscher, Streitschlichter, Ehestifter, Klavierspieler, Kunsterklärer, Ehemann, Bruder, Schwiegersohn, und nicht nur als Vaterunserbeter, Schwarztalarträger, Lateinabfrager, Jenseitsdeuter oder als wütenden Kissenwerfer, der er ja nur drei oder zwei Minuten seines achtundvierzigjährigen Lebens gewesen ist, genau genommen eines zwölfjährigen Lebens, denn viel mehr als zwölf Jahre hatte er als Erwachsener nicht gehabt, nach den grauen Jahren in Uniform und Gefangenenjoppe –

Die Vergangenheit, wollte ich mir im aufwühlenden Ayler-Getöse immer wieder einreden, sei vorbei, die Sache klar: Der Vater lag seit fünf Jahren auf dem Friedhof, seine letzte Botschaft mit zwei Ausrufezeichen auf dem Grabstein, *Fürchte dich nicht! Ich habe dich erlöst, ich habe dich bei deinem Namen gerufen, du bist mein!* Obwohl dieser Jesajaspruch, den die Eltern als Hochzeitsspruch gewählt hatten, an das ganze Volk

Israel gerichtet war, wie ich einmal überprüft hatte, und nicht an Personen, hatte sich das junge Paar offenbar von den zwei Sätzen persönlich angesprochen gefühlt. Auch ich konnte nicht anders, als ihn auf mich zu beziehen, diesen Spruch voller Widersprüche. Einerseits schien der Vater aus der Erde heraus mich weiter vereinnahmen zu wollen mit *du bist mein!*, zum andern wollte ich gar nicht erlöst sein, und in dem Imperativ des Anfangs hörte ich eher die Frage, ob ich mich immer noch vor ihm fürchte oder fürchten sollte. Vielleicht meinte er ja, dass ich mich lange genug gefürchtet hatte, dass ich aufhören sollte mit den Vorwürfen, er habe mich stumm gemacht und mich leiden lassen an seiner Sprache, an den harten Konsonanten, und so fort –

Hör auf mit Friedhofsgesprächen!, schrien Aylers Musiker mit ihren kämpferischen Instrumenten und strengten sich an, Harmonien zu verzerren, während ich, von den Tönen aufs Neue in ein schweifendes, taumelndes Halbbewusstsein geschoben, den Anflug einer Dankbarkeit spürte. Jahrelang hatte ich Abstand gesucht, möglichst viel Abstand von allem, was von Vater und Mutter kam, hatte den unumstößlichen Sätzen der Bibel und Gesangbücher und der Erziehung zur Sprachlosigkeit zu entfliehen versucht. Die Flucht war in die richtige Richtung gegangen, zwischen der Spracharmut der Mutter und der Sprachmacht des Vaters gab es einen Ausweg in der Verweigerung, in den Heimlichkeiten, im Schweigen, in den sieben

Sprachen des Schweigens, einen Fluchtweg zu einer eigenen Sprache der Vokale, der Poesie, in der sich die Sprachlust des Sprachgehemmten, des jede Silbe abwägenden Sprachzögerers hatte entfalten können –

Unter der betäubenden Beschallung ahnte ich vielleicht zum ersten Mal, wem ich mein Empfinden für Sprache vor allem zu verdanken hatte, dem meilenweit entfernten Mann, der mich auf seinem Friedhof jedes Mal wieder mit dem Imperativ *Fürchte dich nicht!* erschreckte und ermunterte. Sicher auch der Mutter mit ihren Liedern und Märchen, aber am meisten doch dem Prediger, der mich mit kräftigem Lutherdeutsch, poetischen Psalmen und der Schlagkraft der Choräle geschult und, ohne es zu wollen, gleichzeitig zum Widerspruch gegen die fertige Sprache provoziert und das Gehör für Phrasen und Hohlheit geschärft hatte. Es streifte mich der Gedanke der Milde gegenüber dem Vater, der Zärtlichkeit, ja der Liebe gegenüber dem Werfer des Kissens, der meine Gegenkräfte geweckt und mich, ohne es zu wollen, auf den richtigen, wenn auch holprigen Weg geschoben hatte. Ohne das Staunen und Erschrecken vor den Wörtern, ohne das ergiebige Schweigen, ohne Verweigerung, so ließ sich die logische Linie ziehen, hätte ich mich nicht finden können in ersten poetischen Wallungen und ersten subversiven Anstößen der Musik bis in die gegenwärtigen dröhnenden Minuten –

Während die Instrumente sich aneinander rieben und aufstachelten, nahm ich mir vor, mich nicht mehr an dem Vater zu reiben, dem singenden Talarträger und singenden VW-Fahrer, nicht mehr an der Kleinstadt mit ihren Mehroderwenigernazis und einem Zeitungsverleger, der im Archiv seine verräterischen Spuren getilgt und dessen Schreib- und Denkweisen ich einmal genüsslich polemisch in der Schülerzeitung abgefertigt hatte. Was hinter mir lag, sollte hinter mir bleiben, kein Blick zurück, in diesem Punkt war ich bibeltreu: *Wer seine Hand an den Pflug legt und sieht zurück, der ist nicht geschickt zum Reich Gottes* und zur Weltstadt New York und zur Großstadt Berlin –

Kein Blick zurück, jetzt war ich Großstädter, jetzt lernte ich die Spielregeln beim Rangeln um Fakten und Fiktionen und Kritischdenken und rieb mich lieber an der Wirtschaft, den Unternehmern, den christdemokratischen Machthabern. Der Zufall, vielmehr die vergeblich umworbene Freundin Franziska, hatte mir ergiebiges Material in die Hände gespielt, einen dicken Band mit Protokollen absurder und entlarvender Reden deutscher Unternehmer (ich dachte auch da nicht an das Glück, das ich mit diesem Fund wieder mal gehabt hatte, oder an die Glückszustände, die mir prophezeit waren). Gegen Bundeskanzler Erhard und seine Freunde vom Wirtschaftstag der CDU und CSU zu polemisieren war einfacher und politisch sinnvoller als die Auseinandersetzung mit dem, was vergangen war und abgetan sein sollte –

Kein Blick zurück, vom Empire State Building geht der Blick nicht zurück, in der Halle der schreienden Händler in der Stock Exchange auch nicht, in Slugs' Saloon erst recht nicht. Ayler und seinen Männern war ich dankbar, sie hatten mich eingebürgert in die Vereinigten Staaten der Poesie und der Bomben, der Freiheit und der Todesschüsse, der Ekstase, des Anpackens, des Vorwärtsschauens und der Geschwindigkeiten, der Gastfreundlichkeit und der Offenheit –

Es kam nicht darauf an, alles zu verstehen, was sie da vorne trieben, schon gar nicht die anfangs hässlich wirkende, dann triumphierend fetzende, dann wieder volksnahe Zirkusmusik aus Märschen und Polka und scheppperndem Trara. Was hieß da verstehen, bei etwas Geheimnisvollem wie Klang, wie Spielkunst, wie Kunst, was sollte da der kleingeistige Trotz des Verstehenwollens. Man musste sich tragen lassen, weiter nichts, und den Hirnzellen erlauben, frei zu schalten und zu walten. Es gab keinen Grund, sich eingeschüchtert zu fühlen von diesem ungewohnt freien, unverschämten und frechen Jazz –

Ich war ihnen dankbar, wie sie tanzten und triumphierten, die fröhlichen Spieler, nachdem sie so viele Klischees zerbrochen hatten, wie sie sich vom Schlagzeug jagen, prügeln und anstacheln ließen, wie sie vorwärts tanzten, ein Tanz in den Mai, ein Marsch in den Mai. Ein Marsch gegen alles, was *nice* war oder *fine* oder *good* oder *well*, *optimistic*, *positive*, *marvelous*, *gorgeous*, gegen jede Konversation und Konvention. Ein Widerspruchsgeist, den ich gut kannte, wenn ich auf meinem Tasteninstrument spielte, auf meinem Typenhebelschlagzeug. Die Lust am Widerspruch, an frecher Vernunft und stichelnder Poesie vereinte uns alle, auch die Freunde Christoph und Peter, die strahlende Gesichter zeigten, als hätten sie ähnliche Gedanken wie ich –

Wir zogen mit in Albert Aylers Marsch, trotzdem waren wir nicht auf Verbrüderung aus, Ayler wollte keine billige Solidarität, er spielte auf Abstand und Abwehr. Sein Saxophon hatte von seinen Wunden und Narben erzählt, nicht vergleichbar mit den Kümmernissen junger weißer Europäer, das machte jeder Takt deutlich. Auch in diesem Stück *Initiation* wurden wieder die Schreie angespielt, die Wut der Schwarzen, die Auflehnung gegen Diskriminierung, gegen den laufenden Krieg, alles war Widerstand, Rebellion und doch ein großer Spaß. Grenzen wurden weggepustet mit den raffiniert vorschriftswidrig gespielten Instrumenten, weggeschlagen, niedergetreten, es war ein Tanz mit der Lust an der Freiheit, hinein in die neuen Räume der Freiheit –

Ganz entspannt hörte ich hin, das Trommelfell vibrierte von den pieksenden, stechenden Tonfolgen, vom Blöken und Krähen, vom Grunzen und Quieken und Stöhnen des Saxophons und von witzigen melodischen Einschüben. Ohne Vorbehalte nahm ich die

Musik in mich auf und fand es fast normal, wie sie Gewohnheiten und Erwartungen sprengte und vorführte, wie schön oder wie schrägschön die durch die Luft fliegenden Trümmer, Splitter, Scherben funkeln und klingen konnten –

Das Zerfetzen von Klischees und Erwartungen, was Ayler und seine Leute da betrieben, man musste es konstruktiv sehen und produktiv. Etwas Ähnliches hatte der italienische Filmer Pasolini vor wenigen Wochen in der Kongresshalle gefordert, bevor er uns mit Thesen von der «dritten Welt in Deutschland» und von der Zukunft der Schönheit irritiert hatte. Die Wörter *futuro* und *bellezza* waren gefallen, aber ich hatte nicht mitbekommen, ob der Übersetzer wirklich Zukunft der Schönheit gesagt hatte, ob das überhaupt gemeint war und wie das gemeint war, aber es hörte sich gut an, und so hatte ich die Formulierung notiert –

Erst jetzt am letzten amerikanischen Abend, ein gutes Vierteljahr später, ahnte ich, was der filmende Dichter gemeint haben könnte, auch seine Filmausschnitte waren wie diese Musik Zersetzung im schönsten Sinn, Zerstörung, Verstörung und Neubeginn, Abriss und Freiraum, Abgesang und Freudentanz. Erst ein kräftiges Nein und dann ein tief durchgeatmetes Ja, erst nach dem Niederreißen konnte die Zukunft beginnen, Licht, Luft, Wahrhaftigkeit, die Zukunft der Schönheit. Ähnliches strebte ich mit dem Schreiben an, ging mit dem Wort Zersetzen in die Offensive und hätte es sogar auf meine Fahne gehoben, wenn ich nicht eine Abneigung gegen Fahnen gehabt hätte, weil mein Offiziersgroßvater die kaiserliche Marinefahne seines U-Bootes immer noch als heilige Reliquie hütete –

Zersetzen, ein schönes, ein anregendes Wort, das ich gerade deshalb mochte, weil es bei den Nazis als das negativste Diktum über Kunst und Denkkunst gegolten hatte und weil es das genaue Gegenteil von Predigen war. Ich überlegte sogar, über die Tugend des Zersetzens einen programmatischen Aufsatz zu schreiben. Es ging nicht um Wiedergutmachung an diesem Wort, ich fand es angenehm provozierend und nützlich für kleine literarische Übungen. Ich hoffte, die Leser mit dem ironisch abgefederten Versprechen zu gewinnen, sie sollten weniger betrogen, sie sollten ernüchtert und nicht erhoben, sollten überrascht, verstört und nicht bedient, durch die Formen der Satire, Groteske, Parodie, Polemik erheitert werden, auf möglichst feine Art durch die Wörter gefordert, aufgeklärt und unterhalten –

Die Übung durfte ich bald in Berlin weitertreiben. Da warteten fünfhundert Seiten mit den gesammelten Lächerlichkeiten und ideologischen Verschrobenheiten christdemokratischer Politiker und Wirtschaftsleute, die Hälfte der Arbeit des Sichlustigmachens war bereits getan. Ich freute mich darauf, zum Schreibtisch zurückzufliegen über Reykjavík und Luxemburg mit Icelandic Airlines, auszuschlafen und dann das

Sprachmaterial dieser Reden zu prüfen, die einzelnen Sätze, die Wortwahl des amtierenden, die Intellektuellen beschimpfenden Bundeskanzlers und seiner Wirtschaftskumpane zu zerpflücken, Wort für Wort auf die Waage zu legen und die Textbrocken entweder wegzustreichen oder aufzuspießen. Einem Erhard in die Parade zu fahren, ihn in die Pfanne zu hauen mit ästhetischem Gefühl, wie Frau Koehler gesagt hätte, das könnte Freiheit sein, vielleicht sogar Glück –

Immer besser schien das Schnellfeuer der Instrumente zu der Vorfreude auf die anstehende Arbeit zu passen, endlich hatte der hergelaufene europäische Zuhörer seine Neigung zu musikalischer Bequemlichkeit und gefälligen Melodien überwunden und verstand die Absage an den nächstbesten Wohlklang und die spielerische Arbeit der Musiker auf der unermüdlichen Suche nach den Nichtklischees. Schnelle, naheliegende Antworten wurden verweigert, Humor und Geduld erwartet, wenn das Neuzusammensetzen der Töne und Tonfetzen nicht nach Wunsch und Erwartung bedient wurde –

Der Saxophonist und seine Leute führten vor, wie man mit dem Zerfetzen und Zersetzen ernst machen und gleichzeitig Spaß haben konnte. Neben den gebannten Freunden sitzend, begriff ich nach zwei Stunden endlich, auch im freien Jazz, auf dieser kleinen Bühne Verbündete zu haben, Kollegen, ästhetische Gefährten, in der Mitte ein Anstifter der Zersetzungskunst, ein schwarzhäutiger, bärtiger, mir gestern noch unbekannter Tenorsaxophonist –

Nun wirkten auch die disharmonischen Tonfolgen immer harmonischer, es zuckte die Freude von den Händen und Füßen des Schlagzeugers, von den Fingern und Lippen der anderen Musiker über die Schallwellen zu meinen Hirnwellen, und ich dachte den banalen Satz: Alles ist gut, vielleicht sogar schön. Das könnte sie sein, die Zukunft der Schönheit oder die Sehnsucht nach einer Schönheit, die nichts beschönigt, die den Dreck nicht verdrängt, nicht flieht vor dem Schrecklichen und Lügen nicht verkleistert, die Sehnsucht nach den Geheimnissen der Form –

Alles ist gut, ich lachte innerlich über diesen Satz und über mich selbst, den Taugenichts, während ich nach vorn sah und ihn hörte, wie er spielend Abschied nahm, der Mann, der seine Schweißperlen seit längerem nicht mehr von der Stirn gewischt hatte (und vier Jahre später sein Saxophon in den Fernseher warf, mit einer Fähre zur Freiheitsstatue fuhr, auf halbem Weg ins Wasser sprang, als vermisst gesucht und nach zwanzig Tagen aus dem East River geborgen wurde) –

Er spielte, noch einmal zärtlich die Glut seines Instruments anfachend, der schreiende, lachende Friedenssucher und Zirkusdirektor. Trümmer waren geflogen und beseitigt, Chaos gebändigt, Hässliches verlacht, Freiheit gefeiert, das Schöne hatte freie Bahn. Trompete, Geige, Schlagzeug und Bass zogen sich zurück, wurden leiser und leiser, als verneigten sie sich vor der Majestät Saxophon, das langsam, souverän und sanft zum Finale glitt –

Ein Finale mit einem zarten, ruhigen Fazit, und ich begriff auch beim kräftigen, lang durchgehaltenen Klatschen der Hände fast nichts von dem Gewinn dieses letzten Abends der newyorkischen Reise und ahnte erst nach Jahren oder Jahrzehnten, welchen Ritus der Initiation ich an diesem 1. Mai 1966 in Slugs' Saloon in der 3. Straße erlebt hatte –

EDITORISCHE NOTIZ

«Die Zukunft der Schönheit» erschien im März 2018 im Verlag Rowohlt · Berlin; im September 2019 folgte die Taschenbuch-Ausgabe als rororo. Vorausgegangen war die separate Veröffentlichung der Erzählung «Albert Ayler oder Die Zukunft der Schönheit» als E-Book in der Reihe rowohlt rotation. Das Hörbuch, gelesen von Christian Brückner, erschien in der Edition parlando im Argon Verlag.

AUS DEN BESPRECHUNGEN:

«Delius entwickelt aus den privaten und politischen Erfahrungen eine Art ästhetisches Manifest, das da lautet: Die Schönheit hat immer Zukunft, wenn sie sich ihrer gesellschaftlichen Kontexte, ihrer vermeintlich oder tatsächlich hässlichen Anteile bewusst ist. Das mutet theoretisch an, liest sich im konkreten Fall aber anschaulich und überzeugend. Über den persönlich mühevollen und dann befreienden Zugang zu einer literarischen Sprache, die den eigenen Maßstäben gerecht wird, verteidigt Delius schließlich das bleibende Erbe seiner Generation, das nicht in den Straßenkampfparolen besteht, sondern in einer Idee vom Schönen, die ‹nichts beschönigt, nicht flieht vor dem Schrecklichen und Lügen nicht verkleistert›.

Diese schmale Erzählung löst ihr ästhetisches Versprechen ein. Sie besticht durch ihre Kongruenz von Form und Inhalt, dadurch, dass hier auch schmerzhafte Eingeständnisse ihren literarischen Raum finden.» *(Carsten Otte, Der Tagesspiegel)*

«Stark ist dieses kleine Büchlein – es hat gut 90 Seiten – auch deshalb, weil es den Free Jazz zwar sprachlich aufgreift, dabei aber nicht übertreibt. Es gibt immer mal wieder hübsche Neologismen und Wortspiele, die Sprache darf hier ähnlich viel wie der Solist auf der Bühne, aber sie wird auch wieder eingefangen vom Konstrukt der Erzählung. Hinter jedem Absatz steht sinnbildlich ein Gedankenstrich, und es gibt die thematischen Sprünge auch – aber man kann diesem Entwicklungsroman in Länge eines Free-Jazz-Konzerts gut folgen.

Schließlich freut man sich, dass der Erzähler ‹die rauen Widersprüche›, die er in den Klängen findet, auch in sich selbst erkennt, wenn er sich gegen Ende beim ‹Gedanken der Milde gegenüber dem Vater, dem Werfer des Kissens›, erwischt. Da erweist sich der potenzielle Vatermörder als weitsichtig; in der Fiktion ist er aber ohnehin um einiges klüger als zum Zeitpunkt der Erzählung. Denn als Albert Ayler damals das Finale auf dem Saxofon einläutet, weiß der junge Student noch nicht, dass dies erst das Startsignal für viel größere Traditionsbrüche ist.» *(Jens Uthoff, taz)*

«Mag sein, dass die zögernde Abbitte, aus dem Abstand von fünfzig Jahren in den Kopf eines Jünglings gepflanzt, ein literarischer Kniff ist, eine Fiktion. Aber so, wie Delius diesen Moment in den assoziativen Fluss seiner Prosa einbettet, wie er das Vatermotiv anspielt, variiert und schließlich zu einem durchdringenden Akkord verdichtet, gehört der Augenblick in Slugs' Saloon zu den Höhepunkten der deutschen Gegenwartsliteratur, zu jenen Prosastücken, bei denen es egal ist, ob sie biographisch und zeitgeschichtlich beglaubigt sind oder nur große Wortkunst. Das Gleiche gilt, von einigen allzu adjektivisch flottierenden und vom eigenen Formulierungsfuror berauschten Passagen abgesehen, für die ganze Erzählung.» *(Andreas Kilb, Frankfurter Allgemeine Zeitung)*

Friedrich Christian Delius, geboren 1943 in Rom, in Hessen aufgewachsen, lebte seit 1963 in Berlin, wo er 2022 starb. Er zählt zu den bedeutendsten Autoren der deutschen Gegenwartsliteratur. Seine Werkausgabe im Rowohlt Taschenbuch Verlag umfasst derzeit 21 Bände. Friedrich Christian Delius wurde unter anderem mit dem Fontane-Preis, dem Joseph-Breitbach-Preis und 2011 mit dem Georg-Büchner-Preis geehrt.

www.fcdelius.de